奥林匹斯十二主神

有意思

众神之王宙斯

[韩] 小不点 编著　[韩] 赵善经 绘　张璟曦 译

中信出版集团 | 北京

图书在版编目（CIP）数据

众神之王宙斯 /（韩）小不点编著；（韩）赵善经绘；张璟曦译 . -- 北京：中信出版社，2022.8
（希腊神话有意思 . 奥林匹斯十二主神）
ISBN 978-7-5217-4331-9

Ⅰ . ①众… Ⅱ . ①小… ②赵… ③张… Ⅲ . ①儿童故事 - 图画故事 - 韩国 - 现代 Ⅳ . ① I312.685

中国版本图书馆 CIP 数据核字 (2022) 第 073150 号

众神之王宙斯
（希腊神话有意思 · 奥林匹斯十二主神）

编 著 者：[韩] 小不点
绘　　者：[韩] 赵善经
译　　者：张璟曦
出版发行：中信出版集团股份有限公司
（北京市朝阳区惠新东街甲4号富盛大厦2座　邮编　100029）
承 印 者：北京华联印刷有限公司

开　　本：889mm × 1194mm　1/24　　印　　张：18　　字　　数：504千字
版　　次：2022年8月第1版　　印　　次：2022年8月第1次印刷
京权图字：01-2022-1399　　书　　号：ISBN 978-7-5217-4331-9
定　　价：109.00元（全12册）

出　　品：中信儿童书店
图书策划：好奇岛
策划编辑：明立庆
责任编辑：李跃娜
营销编辑：张远 张琛
封面设计：谢佳静
内文排版：杨兴艳

孩子为什么要读一读希腊神话？

神话是人类的文明源头，蕴含着古人的世界观，展现了他们对世界起源、人类诞生、自然现象的理解。很多古老文明都拥有自己的神话体系，比如中国神话、日本神话、希腊神话、北欧神话等。像我们中华民族，就有盘古开天地、女娲造人的神话；而在希腊神话里，世界诞生于一片名为“卡俄斯”的混沌之中。孩子阅读神话故事，就如同穿梭时空和古人对话，能培养自信和开阔的眼界。

希腊神话对人类文明的发展产生了深远影响，直到今天仍然跟我们的生活息息相关：星巴克咖啡的绿色徽标，人物设计灵感源自希腊神话里的海妖塞壬；《神奇女侠》中英勇善战的女战士，是战神阿瑞斯的后代；臭名昭著的“木马病毒”，名字来源于特洛伊战争中的“木马计”；再强大的人也有致命弱点，我们称之为“阿喀琉斯之踵”，阿喀琉斯正是希腊神话中几乎刀枪不入的大英雄……

希腊神话还是世界经典文学的灵感宝库：荷马史诗就是以希腊神话为基础创作的；文学史上有重要地位的古希腊悲剧作品，大多都取材于希腊神话，

希腊神话中的大英雄阿喀琉斯

比如《普罗米修斯》《俄狄浦斯王》；在英国大文豪莎士比亚的戏剧中，可以找到很多希腊神话的元素；风靡全球的《哈利·波特》里也有很多希腊神话的影子，比如送信的猫头鹰是智慧女神雅典娜的信使，看守魔法石的三头犬原型就是地狱看门犬刻耳柏洛斯…… 孩子从小了解希腊神话，能为将来阅读和理解这些经典作品打下坚实的基础。

希腊神话中哪些值得孩子一读？

奥林匹斯十二主神之首宙斯

在希腊神话中，以宙斯为代表的奥林匹斯众神主宰着一切。神祇虽然高高在上，却并非冰冷无情，他们拥有人的形象和情感，性格各异：宙斯经历了种种磨炼才成为众神之王；战争之神阿瑞斯生性残忍好战，而战争女神雅典娜却更爱好和平；赫菲斯托斯容貌丑陋，还是个跛脚，但凭借高超的锻造技艺成为工匠之神……

希腊神话里有很多伟大的英雄，比如特洛伊战争中的大英雄阿喀琉斯，完成十二项“不可能的任务”的赫拉克勒斯。英雄拥有超越常人的力量、勇气和智慧，虽不能像神祇一样无所不能、永生不灭，却敢于追寻心中的理想和正义，哪怕要付出生命的代价。他们的故事至今仍鼓舞着无数人前行。

用好这套绘本，轻松给孩子讲好希腊神话

这套绘本共两个小系列：“奥林匹斯十二主神”（全12册）、“神和英雄的故事”（全10册）。绘本选取希腊神话中最核心、最有趣的故事，帮助孩子更好地从整体上把握神话脉络。绘本原版集结了韩国十余位童书领域的专业创作者，经韩国著名西方古典学家姜大振审校，在尊重神话原貌的基础上做了适度改编，配以精美的插画，为孩子们呈现更加直观生动的神话故事。简明易懂的众神谱系图，让原本复杂的人物关系一目了然，孩子再也不会一头雾水了。

读完故事，丰富的知识拓展为孩子架起认知现实世界和神话世界的桥梁，包罗文学、历史、艺术、地理、自然等各个学科。比如说：水星等太阳系行星和各大星座是怎么命名的？荷马史诗讲了哪些故事？我们都知道潘多拉，但是她打开的到底是陶罐还是魔盒？爱与美之神，为什么一会儿叫“维纳斯”，一会儿叫“阿芙洛狄忒”？……孩子会发现，生活中很多有趣的问题，都能在书里找到答案。

希腊神话是打开世界文学和艺术宝库的一把“金钥匙”。和孩子一起打开书本，尽情探索吧！

荷马雕像

主要登场人物

宙斯

奥林匹斯十二主神之首，通常称他为“主神”或“神人之王”。他以雷电为武器，有雄鹰陪伴身旁。

克洛诺斯

提坦神族的首领，第二代神王。他是宙斯的父亲，却被宙斯推翻并夺走了最高神位。

盖娅

在混沌（卡俄斯）中诞生的太初时代的女神。她被称为大地女神，是提坦神族之母。

瑞亚

属于提坦神族，是宙斯的母亲。由于克洛诺斯的残忍行为，她一再失去亲生骨肉，在大地女神盖娅的帮助下，她才得以救出儿子宙斯。

波塞冬

奥林匹斯十二主神之一，是大海之神。他拥有不亚于宙斯的力量，是宙斯最强有力的对手。

哈得斯

宙斯的兄弟，希腊神话中的冥王。他把得墨忒耳的女儿普西芬尼掳走做了妻子。

几个关键词读懂 宙斯

宙斯是奥林匹斯
十二主神之首。

家庭关系

父母：克洛诺斯和瑞亚
兄弟姐妹：哈得斯、波塞冬、赫斯提、得墨忒耳、赫拉
配偶：赫拉
子女：雅典娜、阿芙洛狄忒、阿瑞斯、赫菲斯托斯、阿波罗、阿耳忒弥斯、赫耳墨斯、狄俄尼索斯、普西芬尼等

象征

雷电
鹰
橡树
公牛

罗马神话中对应的神祇

朱庇特

神职

至高无上的天神
众神之王

名字的含义

无边无际的天空

对应天体

木星

宙斯是奥林匹斯十二主神之首，
是至高无上的天神，也是众神之王。

他比任何一位神都要强大，在天的最高处统治着整个世界。

当有神或者人类犯了错，他会降下可怕的雷电作为惩罚。

不过你知道吗？宙斯并不是从最开始就是神王的哟。

下面就让我们来了解一下宙斯是怎么登上最高主神宝座的吧！

在奥林匹斯诸神出现之前，全世界由提坦神族统治，提坦神族的首领叫克洛诺斯。

他的妻子瑞亚一生下孩子，就会被他一口吞到肚子里，无论瑞亚怎么哭泣怎么劝阻都没有用。

克洛诺斯之所以这样做，是因为他曾经听到过一个预言：

“克洛诺斯啊，在你的子女中，
会出现一个抢走你宝座的孩子！”

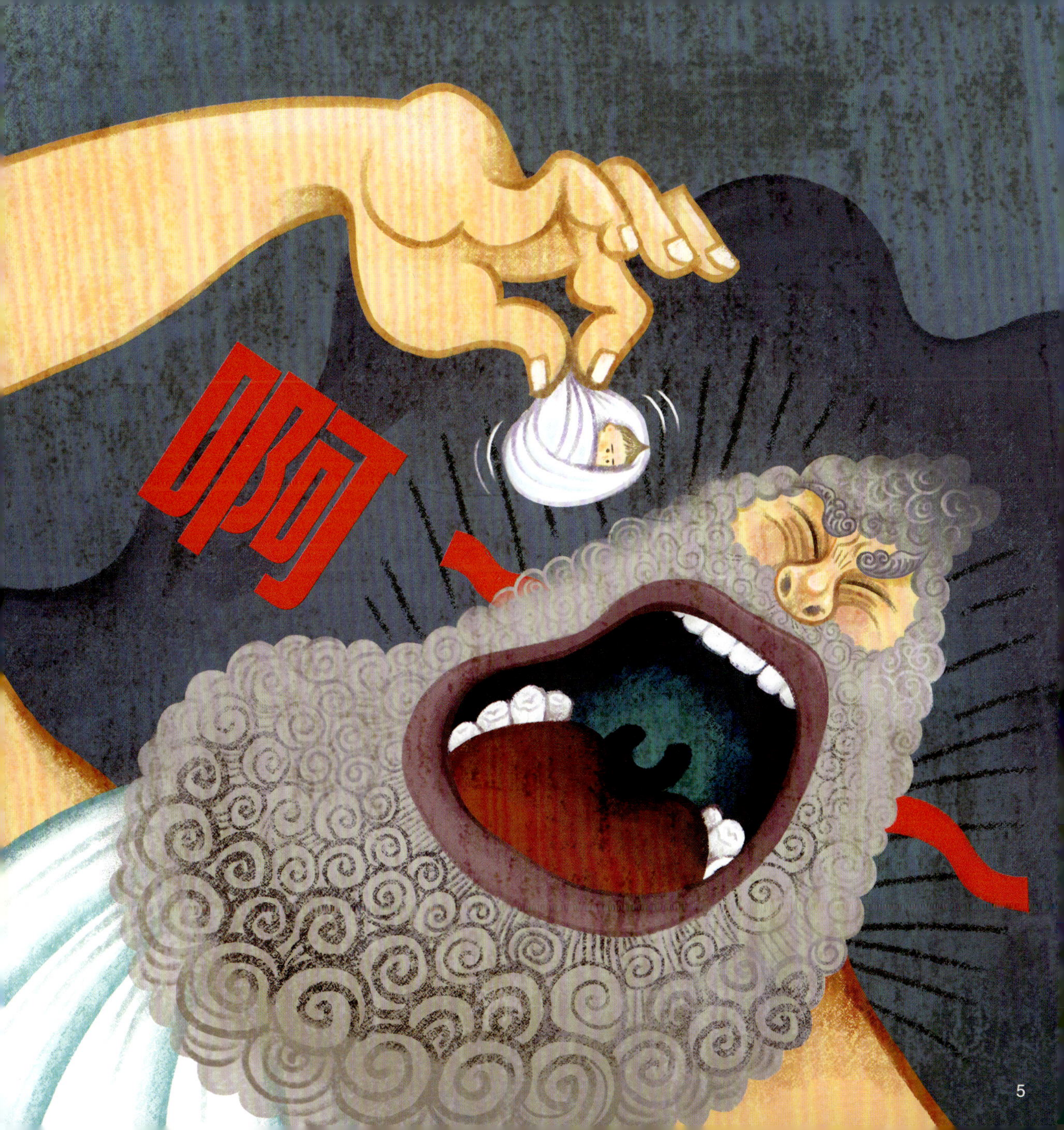
啊

自己的亲生骨肉一生下来就被亲生父亲吞掉，瑞亚再也无法忍受这种丧子之痛了。

于是，在第六个孩子降生之前，她向大地女神盖娅寻求帮助。

“盖娅女神，请帮助我，不要再让克洛诺斯吞掉我们的孩子了！”

盖娅听后，答应了她的请求。

不久之后，瑞亚就生下了个孩子，盖娅立刻把一块婴儿般大小的石头用襁褓裹起来递给了她。

“瑞亚，把这块石头当作婴儿交给克洛诺斯吧。”

说完，盖娅就抱着婴儿离开了。

瑞亚照做了，克洛诺斯照旧把“婴儿”吞了下去。

盖娅把婴儿托付给了生活在克里特岛山洞里的仙女。

“好好照顾这个孩子！”

这个婴儿就是后来成为奥林匹斯诸神之首的宙斯。

仙女精心养育着宙斯，她给宙斯喂羊奶和蜂蜜吃，还为他弹奏乐曲，给他讲故事。

同时还要小心谨慎，以免被克洛诺斯发现。

就这样，宙斯在岛上一天天茁壮成长了起来。

宙斯长大后，迎娶了大洋神女墨提斯为妻。

墨提斯发现宙斯总在思考着什么。

“宙斯，你有什么烦心事吗？”

“我正在想办法拯救被我父亲吞掉的兄弟姐妹。”

墨提斯递给宙斯一个药瓶，说：

“让克洛诺斯把这里面的药吃掉，
他会把你的兄弟姐妹吐出来的。”

于是，宙斯偷偷把药混进了克洛诺斯的食物里，
克洛诺斯吃下之后便不断呕吐，
把之前吞掉的五个孩子一个不剩地都吐了出来，
当然，还有他吞下的石头。

宙斯带着五个兄弟姐妹来到奥林匹斯，建造宫殿，他们开始了新的生活。

按照出生顺序，本来依次是赫斯提、得墨忒耳、赫拉、哈得斯、波塞冬，然后才是宙斯。

但是由于宙斯最先成长起来，于是就成了兄弟姐妹中的老大。

等到兄弟姐妹们都长大成人，宙斯说道：

“让我们一起合力击退提坦神族吧！”

于是，他们六个人勇敢地向提坦神族发起了进攻。

但是，想要赢得胜利并没有那么简单。

战争持续了很久，依然无法分出胜负。

于是，宙斯去向大地女神盖娅寻求帮助。

盖娅建议道：

“去大地深处救出独眼巨人三兄弟和百臂巨人三兄弟，

请他们帮助你吧！”

于是，宙斯到黑暗的深渊救出了独眼巨人和百臂巨人，

并把他们带到奥林匹斯，用神的饮食款待他们。

独眼巨人也叫库克罗普斯，
他们三兄弟都是技艺非凡的工匠。

“为了报答救命之恩，
让我们来为你们打造独一无二的武器吧！”

独眼巨人为宙斯打造了能够燃烧一切的雷电，
为波塞冬打造了可以随意操纵海浪和风暴的三叉戟，
给哈得斯打造了可以隐形的隐身头盔。

百臂巨人也叫赫卡同克瑞斯，这三兄弟都长着 50 个头和 100 只手臂，他们都愿意同宙斯并肩作战。

“我们有 100 只手臂，肯定能帮上忙！”

在战斗中，百臂巨人将石头不断投向提坦神族，

被石头击中的提坦神族，一个接一个地倒在了战场上。

持续了十年的战争终于结束了。

“我们胜利啦！”

在宙斯和兄弟姐妹们的共同努力下，终于迎来了伟大胜利。

宙斯将一些提坦神族囚禁在地狱中，还有一些施以特殊惩罚。

擎天巨神阿特拉斯就是在这时被宙斯降罪，

被罚在世界最西处用头和手支撑苍天。

得以统治世界的宙斯对波塞冬和哈得斯说：

“天空、大海和冥界，咱们三个人分配一下吧。

我来掌管天空！”

波塞冬掌管大海，成为海神。

哈得斯掌管冥界，成为冥王。

提坦神族的时代就此告终，

奥林匹斯众神的时代拉开帷幕，

作为主神之首的宙斯开始统治整个世界。

接下来，还有很多神会在奥林匹斯诞生，

在大地上生活的人类也将被创造出来。

众神和人类之间会发生哪些有趣的故事呢？让我们拭目以待吧！

众神谱系

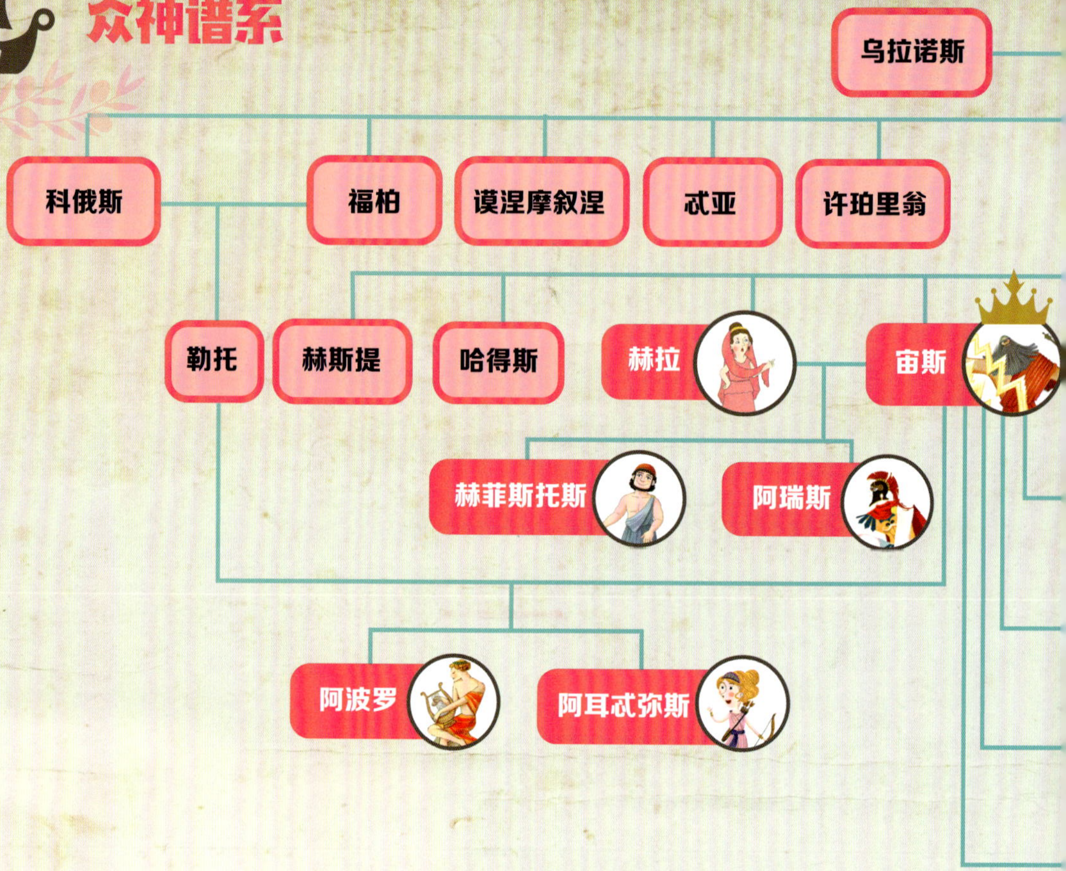

奥林匹斯十二主神

希腊神话中的其他人物

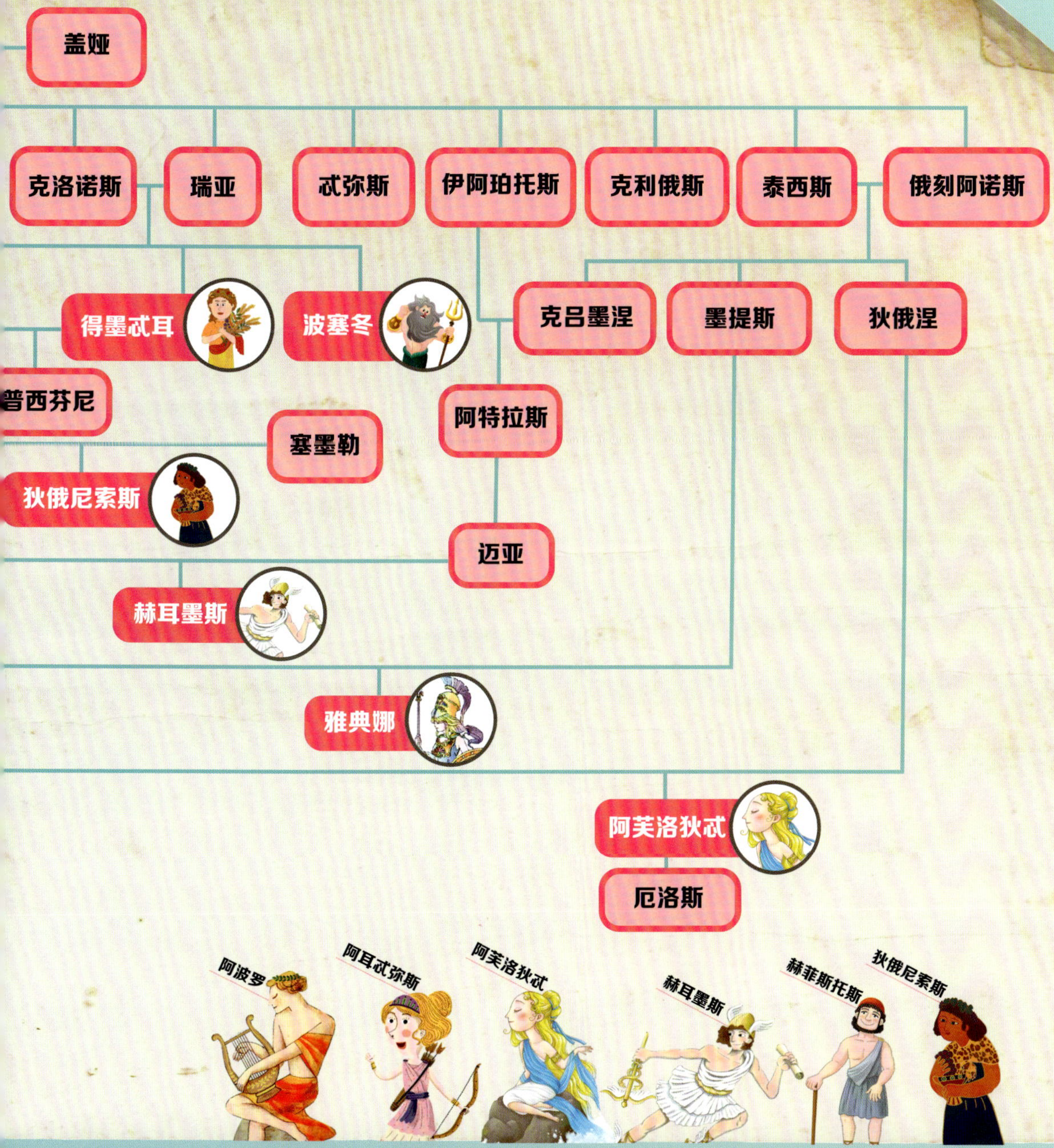
盖娅
克洛诺斯
瑞亚
忒弥斯
伊阿珀托斯
克利俄斯
泰西斯
俄刻阿诺斯
得墨忒耳
波塞冬
克吕墨涅
墨提斯
狄俄涅
普西芬尼
阿特拉斯
塞墨勒
狄俄尼索斯
迈亚
赫耳墨斯
雅典娜
阿芙洛狄忒
厄洛斯
阿波罗
阿耳忒弥斯
阿芙洛狄忒
赫耳墨斯
赫菲斯托斯
狄俄尼索斯

神话知识拓展

宙斯：奥林匹斯至高无上的天神

宙斯和兄弟姐妹一起击败了提坦神族，他成为统治世界的主神之首。他掌管着神和人类，当有神或人类犯错时，他会降下雷电对其进行惩罚。

众所周知，宙斯的妻子是赫拉，但实际上在赫拉之前他还有两位妻子。第一位是大洋神女墨提斯，第二位是正义女神忒弥斯，第三位才是众神之后赫拉。

宙斯雕像

众神的宫殿位于奥林匹斯

古希腊人认为，天神宙斯所居住的黄金宫殿应该位于与天距离最近的地方。因此，他们把位于希腊色萨利北部的最高山称为奥林匹斯山。这座海拔为 2917 米的高山虽然被叫作奥林匹斯山，但其实山上并没有遗迹。传说如果要进入奥林匹斯山，需要通过由季节女神荷莱负责看守的天庭之门，这个云之门在众神来往于天地之间时才会开启。虽然每位神都有各自的居所，但是一旦宙斯召唤，大地、海洋、冥界的众神都会聚集到奥林匹斯山上来。

希腊各地的宙斯神庙

宙斯作为主神之首，很多地方都建有他的神庙。其中最有名的就是多多那橡树林的神示所了。希腊神话里，多多那橡树有预言能力，因此阿耳戈号在船首也安装了一块从多多那橡树上削下的木头做的木板，用来帮助阿耳戈号上的英雄们航海。另外，宙斯生活过的克里特岛山洞也成为圣地。

位于希腊雅典的宙斯神庙

奥林匹斯十二主神

神职	希腊神话中对应的神祇	罗马神话中对应的神祇	对应天体
天神、众神之王	宙斯	朱庇特	木星
婚姻和家庭之神	赫拉	朱诺	3号小行星
大海之神、马匹之神	波塞冬	尼普顿	海王星
农业、谷物和丰收女神	得墨忒耳	色列斯	意大利天文学家皮亚齐发现的第一颗小行星
智慧、战争、纺织女神	雅典娜	密涅瓦	
战争、暴乱之神	阿瑞斯	马尔斯	火星
预言、音乐、弓箭、医药之神	阿波罗	阿波罗	
狩猎、纯洁、月亮女神	阿耳忒弥斯	狄安娜	
爱与美的女神	阿芙洛狄忒	维纳斯	金星
商业和旅者之神，众神的使者	赫耳墨斯	墨丘利	水星
火与工匠之神	赫菲斯托斯	伏尔甘	
葡萄之神、葡萄酒之神	狄俄尼索斯	巴克科斯	

常识拓展

宙斯是雷电之神

科学

荷马在《伊利亚特》中写道，宙斯是奥林匹斯最强的神，哪怕把奥林匹斯所有的神加起来也敌不过他。虽然其中不包括波塞冬和哈得斯，但是从这句话中，我们可以体会到宙斯威力之大。这主要多亏了他所向披靡的武器，也就是独眼巨人三兄弟为他打造的雷电。

于是，一遇到打雷的天气，古希腊人就会认为是宙斯正在大发雷霆。但是如今大家都知道，发生雷电时，在云层和大地之间会有强大的电流通过，这只是一种自然现象。

闪电

木星也叫朱庇特

科学

木星是距离太阳第五近的行星，也是太阳系中体积最大的行星。体积约为地球的 1318 倍，体积和质量比太阳系其他七大行星的总和还大。因此，人们以“朱庇特”（即宙斯）命名了这颗行星。另外，木星是月球和金星之后，夜空中平均亮度排行第三的天体。

木星

奥林匹斯十二主神

天后赫拉

[韩] 申妍美 编著 [韩] 金元正 绘 张璟曦 译

中信出版集团 | 北京

图书在版编目（CIP）数据

天后赫拉 /（韩）申妍美编著；（韩）金元正绘；张璟曦译. -- 北京：中信出版社，2022.8
（希腊神话有意思. 奥林匹斯十二主神）
ISBN 978-7-5217-4331-9

Ⅰ. ①天… Ⅱ. ①申… ②金… ③张… Ⅲ. ①儿童故事－图画故事－韩国－现代 Ⅳ. ① I312.685

中国版本图书馆 CIP 数据核字 (2022) 第 073152 号

天后赫拉
（希腊神话有意思 · 奥林匹斯十二主神）

编 著 者：[韩] 申妍美
绘　　者：[韩] 金元正
译　　者：张璟曦
出版发行：中信出版集团股份有限公司
（北京市朝阳区惠新东街甲4号富盛大厦2座　邮编　100029）
承 印 者：北京华联印刷有限公司

开　　本：889mm × 1194mm　1/24　印　　张：18　字　　数：504千字
版　　次：2022年8月第1版　印　　次：2022年8月第1次印刷
京权图字：01-2022-1399　书　　号：ISBN 978-7-5217-4331-9
定　　价：109.00元（全12册）

出　　品：中信儿童书店
图书策划：好奇岛
策划编辑：明立庆
责任编辑：李跃娜
营销编辑：张远 张琛
封面设计：谢佳静
内文排版：杨兴艳

主要登场人物

赫拉

奥林匹斯十二主神中至高无上的女神，也是婚姻和家庭之神。她是宙斯的妻子。

宙斯

奥林匹斯十二主神之首，通常称他为“主神”或“神人之王”。他以雷电为武器，有雄鹰陪伴身旁。

赫耳墨斯

奥林匹斯十二主神之一，是众神的使者。他的帽子和鞋子上都带有翅膀，可以随意出入人间和冥府。

伊娥

河神伊那科斯的女儿。被宙斯爱慕，曾被变成一头牛。

阿勾斯

长着一百只眼睛的怪物，睡觉时只闭上两只眼睛。

几个关键词读懂赫拉

奥林匹斯十二主神中至高无上的女神，

她是宙斯的妻子。

家庭关系

配偶：宙斯

子女：阿瑞斯、赫菲斯托斯、厄勒梯亚

象征

孔雀

石榴

神职

婚姻之神

家庭之神

嫉妒之神

罗马神话中对应的神祇

朱诺

曾被赫拉折磨且厌恶的人物

赫拉克勒斯

塞墨勒

伊娥

卡利斯托

名字的含义

女主人、女王

别称

牛眼天后

赫拉是奥林匹斯至高无上的女神，也是宙斯的妻子。

有一天，云雾突然聚集在一起，遮住了凡间的一切。

赫拉愤怒地说道：

“宙斯一定是在掩盖些什么！”

于是，赫拉退去云雾，四处张望，

没过多会儿就在河边找到了宙斯，他正和一头美丽的母牛在一起。

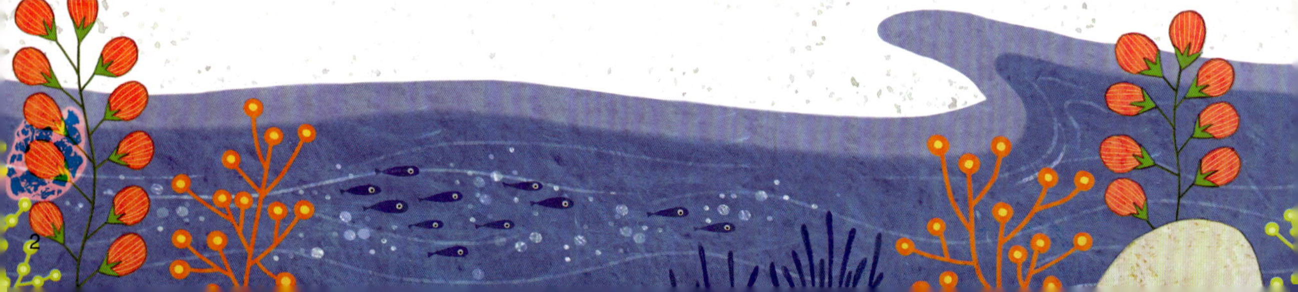

其实，在这之前，宙斯正和河神伊那科斯的女儿伊娥享受着浪漫的时光。

被赫拉发现之后，他急忙将伊娥变成了一头牛。

赫拉降临到河边，一边仔细端详这头母牛，一边问道：

“宙斯，这是谁家的母牛？”

宙斯装模作样地回答：

“嗯，就是凡间新出生的一头牛而已。”

于是，赫拉缠着宙斯让他把这头牛作为礼物送给她。

宙斯听了手足无措得直冒汗，
不过，最终还是答应了赫拉的要求。
“好吧，你把它牵走吧。”
赫拉把伊娥带到了阿勾斯那里，
阿勾斯是长着一百只眼睛的怪物，
它睡觉的时候只有两只眼睛是闭上的，其余的眼睛都睁着。

赫拉说道：“阿勾斯！
你要日夜看守这头牛！”

赫拉一离开，伊娥就恳求阿勾斯：

“阿勾斯，求你把我放了吧。

我是河神伊那科斯的女儿伊娥。”

但是，无论伊娥说什么，听起来都只是哞哞的叫声。

阿勾斯根本不可能听懂她在说什么。

有一天，伊娥急匆匆地来到了父亲伊那科斯和姐妹们身边，但是谁都没有认出她来。

大家只是感叹：“多美丽的一头牛啊！”

伊那科斯喂伊娥吃草时，她舔舐着父亲的手，想让父亲认出自己。

她心中默念：“爸爸，是我啊，我是伊娥！”

但是伊那科斯依然没有认出自己的女儿来。

伊娥用脚在地上写出了自己的名字。

这时，伊那科斯才意识到面前的这头母牛就是自己的女儿伊娥。

“天哪，我的女儿伊娥竟然变成了一头牛！”

伊那科斯紧紧抱住伊娥，大声痛哭了起来。

然而，这个时候阿勾斯赶来，把伊娥牵走了。

看到伊娥被如此折磨，宙斯心中非常痛苦：

“啊！都是因为我，伊娥才会受这样的苦！”

他沉思许久，找来了足智多谋的众神使者赫耳墨斯。

“赫耳墨斯，我命令你去杀掉阿勾斯，救出伊娥！”

来到凡间的赫耳墨斯乔装成了牧羊人，

他吹着笛子赶着羊群。

阿勾斯被美妙的笛声吸引，于是主动和赫耳墨斯搭起话来：

“喂，你过来休息一会儿再走。”

赫耳墨斯坐在阿勾斯身旁，一边和它攀谈一边等待日落。

天逐渐暗了下来，赫耳墨斯吹起了笛子。

阿勾斯听着动听的笛声，眼睛竟然慢慢合上了。

但是，依然有几只眼睛还瞪得圆溜溜的，
紧紧地盯着伊娥。

“求求你把所有眼睛都闭上吧，你这个百眼怪物！”

赫耳墨斯心里一边祈祷一边努力地吹笛子，

但是这不起任何作用。

“看来笛声是怎么也无法让阿勾斯
完全入睡了。就没有什么好办法吗？”
赫耳墨斯想到了一条妙计。
这次他轻声细语地给阿勾斯讲了一个
很长很长的关于笛子来历的故事。
“从前有一个叫绪任克斯的仙女……”

终于，阿勾斯的一百只眼睛全都闭上了。

阿勾斯呼呼大睡，睡得天昏地暗。

“机会来了！”

赫耳墨斯抽出藏在上衣口袋里的利剑，

一剑砍下了怪物的头。

伊娥也重获自由。

但是，她的痛苦并没有结束。

赫拉又放出了吸牛血的牛虻，

狠狠地折磨她。

宙斯再也不能坐视不管，他苦苦哀求赫拉：

“我错了，请你原谅我！

我再也不欺骗你了。”

听到这句话，赫拉气消了，宙斯将伊娥恢复成人的模样。

伊娥终于回到了朝思暮想的家人的怀抱。

众神谱系

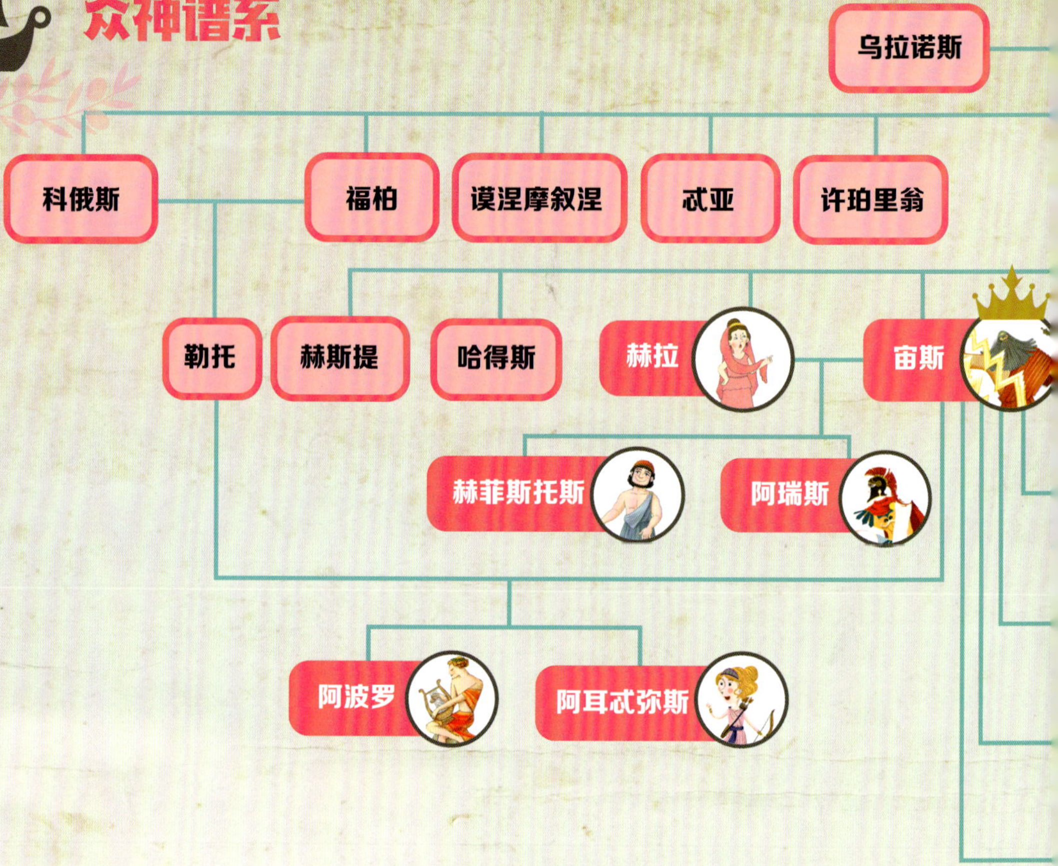

奥林匹斯十二主神

希腊神话中的其他人物

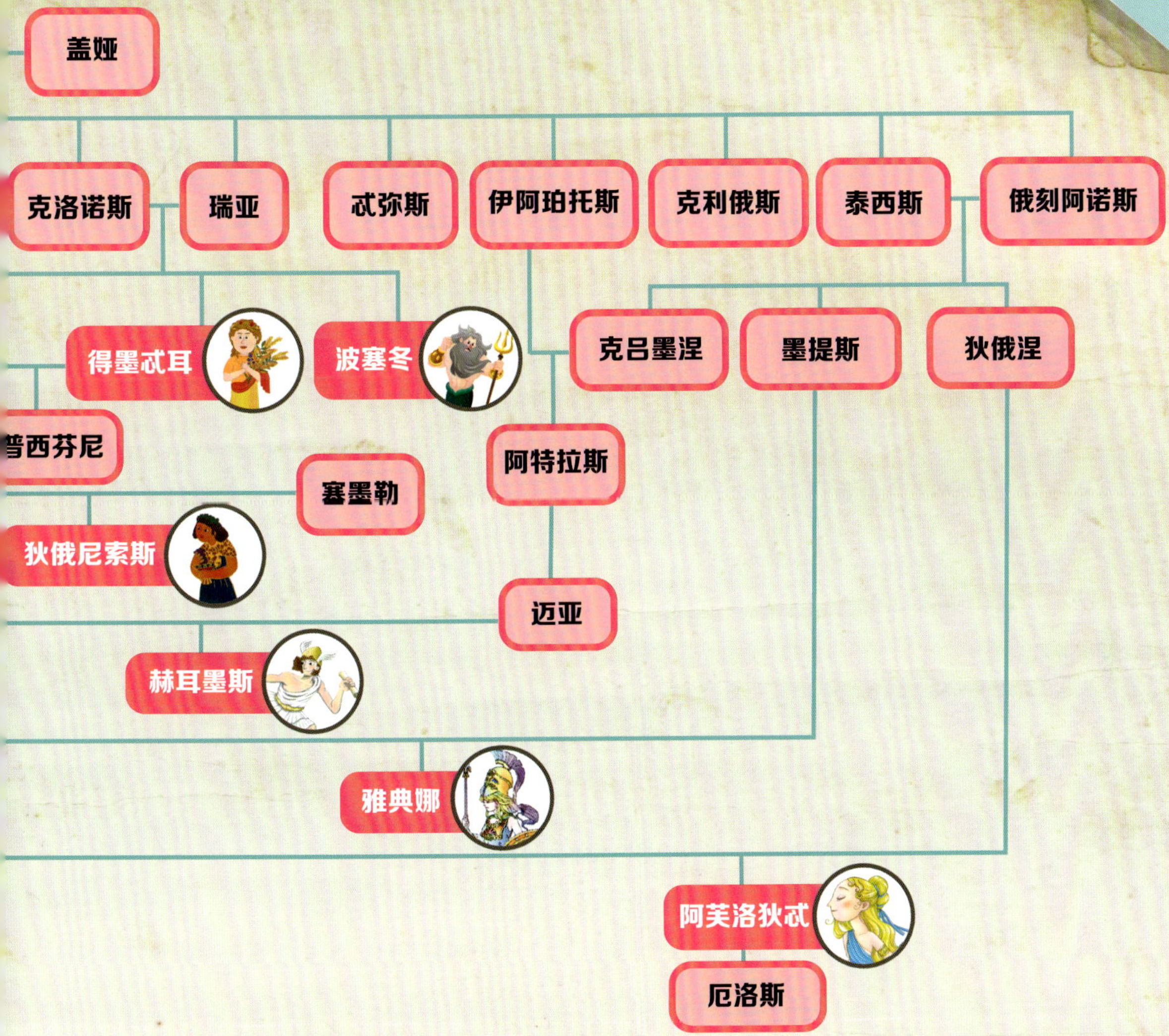
盖娅
克洛诺斯
瑞亚
忒弥斯
伊阿珀托斯
克利俄斯
泰西斯
俄刻阿诺斯
得墨忒耳
波塞冬
克吕墨涅
墨提斯
狄俄涅
普西芬尼
塞墨勒
阿特拉斯
狄俄尼索斯
迈亚
赫耳墨斯
雅典娜
阿芙洛狄忒
厄洛斯

阿波罗
阿耳忒弥斯
阿芙洛狄忒
赫耳墨斯
赫菲斯托斯
狄俄尼索斯

神话知识拓展

赫拉：奥林匹斯至高无上的天后

赫拉是宙斯的妻子，她的嫉妒心非常强。所以，她没少折磨宙斯爱慕的女子以及她们生下的子女。但是我们可不能因此认为赫拉是坏人，忠贞的婚姻以及和睦的家庭一直是由女神赫拉来守护的哟。

赫拉雕像

赫拉神庙

赫拉曾经诅咒阿耳忒弥斯和阿波罗的母亲勒托

勒托刚刚怀上宙斯的孩子，赫拉就诅咒她，并且不允许她在有阳光照耀的大地上生产。于是，东躲西藏的勒托不得已去寻求波塞冬的帮助。波塞冬将沉于海底的德罗斯岛升到海面上，让勒托在这座小岛上生产。但是赫拉让自己的女儿，也就是分娩女神厄勒梯亚阻碍勒托，导致勒托连续几天都无法分娩。

后来，宙斯派伊里斯去帮助勒托，这才把阿耳忒弥斯生了出来，后来又在阿耳忒弥斯的帮助下阿波罗才出生。

赫拉曾使狄俄尼索斯的母亲塞墨勒陷入危险

塞墨勒刚刚怀上宙斯的孩子，赫拉就乔装成老妇人去找她。赫拉告诉她，和塞墨勒相爱的宙斯可能并不是真正的神，怂恿她去验证宙斯的真身。听了赫拉的话，塞墨勒心中怀疑，于是要求宙斯现出真身给她看。宙斯只好同意，结果宙斯以神的形象出现在塞墨勒眼前时，宙斯的光芒太耀眼，塞墨勒身上着火，当场被火烧死。这时她腹中的孩子还未发育完全，宙斯为了救活这个孩子，就把他缝进了自己的大腿中。几个月后，孩子才从宙斯的大腿里出生。这个孩子就是酒神狄俄尼索斯。

赫拉曾把仙女卡利斯托变成了熊

仙女卡利斯托刚刚把宙斯的孩子生下来，就被赫拉变成了熊。卡利斯托无处可去，就独自藏在树林里生活。很多年后，她偶然在树林中见到了自己的儿子，他已经长成一名青年了。卡利斯托见到自己朝思暮想的儿子，激动得跑上前去要拥抱她的孩子，却忘记自己已经变成一只熊了。

这时，不明就里的儿子受到了惊吓，他手持长枪正准备向大熊刺去。宙斯看到了这一幕，实在不忍心，于是把他们两个提升到天上变成了星座。这就是大熊星座和小熊星座。

大熊星座

常识拓展

阿勾斯的眼睛变成了孔雀尾巴上的眼睛

自然

每到交配的时节，雄性孔雀的尾羽就会像扇子一样开屏，利用眼睛形状的花纹吸引雌性孔雀的注意。据说，孔雀尾巴上这些眼睛模样的花纹正是百眼怪物阿勾斯的眼睛。

在很久很久以前，长着一百只眼睛的阿勾斯被赫拉派去监视变成了母牛的伊娥，结果被赫耳墨斯杀死。阿勾斯死后，赫拉感到非常惋惜，于是把它的眼睛撒在她最珍爱的孔雀的尾巴上作为装饰，时至今日这些眼睛还待在孔雀的尾巴上。

雄孔雀

赫拉用牛虻折磨变成了母牛的伊娥

自然

赫耳墨斯杀了阿勾斯，把伊娥救了出来，但是伊娥依然没有摆脱痛苦。这是因为赫拉放出了牛虻这种昆虫。牛虻靠吸食牛、马等牲畜以及人的血液生存，它紧紧追着变成母牛的伊娥吸她的血，所以你知道伊娥那时到底有多痛苦了吧！

牛虻

希腊神话有意思

奥林匹斯十二主神

海神波塞冬

[韩] 小不点 编著　[韩] 金石柳 绘　张璟曦 译

中信出版集团 | 北京

图书在版编目（CIP）数据

海神波塞冬 /（韩）小不点编著 ;（韩）金石柳绘 ;
张璟曦译 .-- 北京 : 中信出版社 , 2022.8
（希腊神话有意思 . 奥林匹斯十二主神）
ISBN 978-7-5217-4331-9

Ⅰ . ①海… Ⅱ . ①小… ②金… ③张… Ⅲ . ①儿童故事 - 图画故事 - 韩国 - 现代 Ⅳ . ① I312.685

中国版本图书馆 CIP 数据核字 (2022) 第 073166 号

海神波塞冬
（希腊神话有意思 · 奥林匹斯十二主神）

编 著 者：[韩] 小不点
绘　　者：[韩] 金石柳
译　　者：张璟曦
出版发行：中信出版集团股份有限公司
（北京市朝阳区惠新东街甲4号富盛大厦2座　邮编　100029）
承 印 者：北京华联印刷有限公司

开　　本：889mm × 1194mm　1/24　印　　张：18　字　　数：504千字
版　　次：2022年8月第1版　印　　次：2022年8月第1次印刷
京权图字：01-2022-1399　书　　号：ISBN 978-7-5217-4331-9
定　　价：109.00元（全12册）

出　　品：中信儿童书店
图书策划：好奇岛
策划编辑：明立庆
责任编辑：李跃娜
营销编辑：张远 张琛
封面设计：谢佳静
内文排版：杨兴艳

主要登场人物

奥林匹斯十二主神之一，是大海之神。他拥有不亚于宙斯的力量，是宙斯最强有力的对手。

宙斯的儿子，克里特的国王。他虽然有治理国家、制定法律等方面的丰功伟绩，但因违背了与波塞冬的承诺而被诅咒。

他是伟大的建筑师和雕刻家。他接到米诺斯的命令，建造了一座迷宫用来关押弥诺陶洛斯。

她是克里特的公主，爱上忒修斯并告诉他走出迷宫的方法。

他是雅典的王子，来到克里特杀掉了弥诺陶洛斯，随后回到雅典成为雅典国王。

它是牛头人身的怪物，被米诺斯关进迷宫，最终死于忒修斯之手。

几个关键词读懂 波塞冬

奥林匹斯十二主神之一，
他是大海之神。

家庭关系

兄弟：宙斯、哈得斯
儿子：哈利罗修斯、
波吕斐摩斯、
珀伽索斯、特里同等

象征

三叉戟、
马、海豚
鱼、牛

神职

大海之神
马匹之神

与他关系不好的人物

战神阿瑞斯
智慧和战争女神雅典娜
米诺斯
奥德修斯
拉俄墨冬

名字的含义

大地的主人

罗马神话中对应的神祇

尼普顿

波塞冬是大海之神。

他是宙斯的兄弟，拥有不亚于宙斯的力量，是宙斯最强有力的对手。

波塞冬的性格如同惊涛骇浪一般令人生畏。

如果违背了和他的约定，后果会是怎么样的呢？

很久很久以前，克里特的国王阿斯忒里翁去世了。

他没有亲生子女，在他死后，他的养子们开始争夺王位。

其中的一个养子米诺斯声称，众神已经将王国交付给了自己。

他还说将会证明给大家看，于是他开始祈祷：

“海神波塞冬啊，请为我送来一头牛吧。

等我成为国王，我会把这头牛作为祭品献给您。”

波塞冬答应了他的请求，送来了一头白色的公牛。

于是，米诺斯顺利地当上了克里特的国王。

波塞冬送来的这头公牛极其健美。

“嗯，真是越看越舍不得这头牛啊。

作为祭品献给海神实在是太可惜了。”

最后，米诺斯没有遵守对波塞冬的承诺，找了另一头牛来代替。

波塞冬大发雷霆：

“竟敢违背和我的约定！

这简直不可原谅！”

于是，他诅咒了米诺斯的王妃帕西法厄，让她对牛产生了爱情。

从那以后，帕西法厄便和这头漂亮的牛寸步不离。

“哦，公牛，我是多么地爱你！”

十个月后，帕西法厄生下了一只牛头人身的怪物，

它就是弥诺陶洛斯，

是一只凶猛残暴的吃人怪物。

于是米诺斯找来伟大的建筑师代达罗斯，命令道：

“你去建一座关押弥诺陶洛斯的宫殿吧！”

代达罗斯建了一座叫作拉比林托斯的迷宫。

只要是进到这座迷宫里，就绝对无法逃脱。

它只有一个门，里面的道路也像蜘蛛网一样复杂。

于是，米诺斯就把弥诺陶洛斯囚禁在了这里。

有一天，发生了一件让米诺斯非常难过的事情。

他的儿子安德洛革俄斯在雅典的郊外被野牛的角刺死了。

而下令让安德洛革俄斯去捕捉野牛的人正是雅典国王埃勾斯。

“竟敢害死我的儿子！

埃勾斯，我绝不会原谅你！”

愤怒的米诺斯带领军队一举攻进雅典，

经过一番长时间的战斗，最终打败了雅典人。

米诺斯告诉埃勾斯：

“我命你每年送来七对少男少女，供奉给弥诺陶洛斯！”

雅典的少男和少女被送来之后，

都会沦为弥诺陶洛斯的食物，消失在迷宫中。

埃勾斯的儿子忒修斯实在无法忍受人们继续遭受不幸，他勇敢地站了出来：

“我要去把怪物杀掉！”

他作为祭品，带着其他少男少女一起向克里特出发了。

没想到，米诺斯的女儿阿里阿德涅对他产生了爱慕之情，偷偷去和他相会并答应帮助他。

公主说：“你一边放线球一边走进迷宫就不会迷路了。”

忒修斯照做了。

走到迷宫的深处，

忒修斯终于碰到了可怕的弥诺陶洛斯。

他竭尽全力英勇杀敌，终于杀死了怪物。

然后他边收线边走出了迷宫，

带着阿里阿德涅偷偷逃离了克里特。

米诺斯知道后火冒三丈，说道：

“阿里阿德涅不可能知道走出迷宫的方法。

一定是有人告诉她的，快去把这个人找出来！”

后来，代达罗斯被抓到了米诺斯面前，

他正是建造这座迷宫的人。

于是，米诺斯就把代达罗斯和他的儿子伊卡洛斯

关进了迷宫里。

代达罗斯怎么可能坐以待毙呢？

他用羽毛做成翅膀，和儿子伊卡洛斯一起插上翅膀不慌不忙地逃出了迷宫。

就这样，米诺斯因为违背了和波塞冬的约定，付出了惨痛的代价，不仅失去了心爱的女儿，还失去了能干的臣属，他变得一无所有。

众神谱系

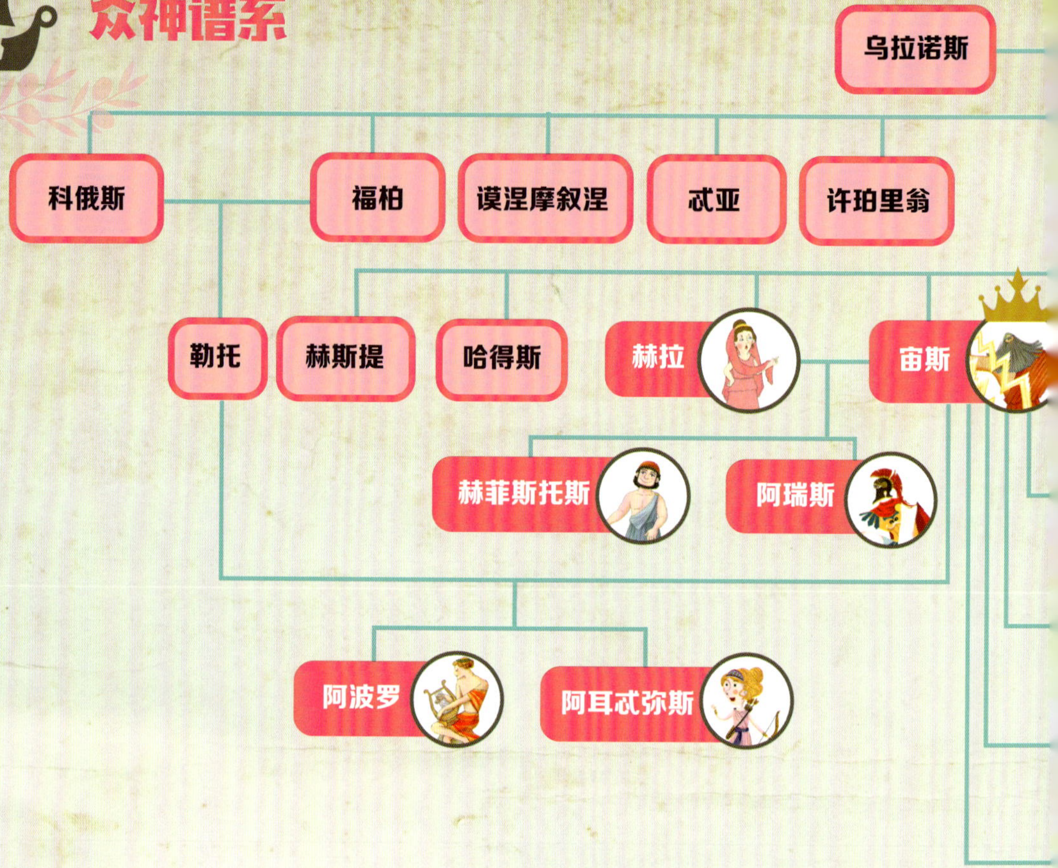

奥林匹斯十二主神

希腊神话中的其他人物

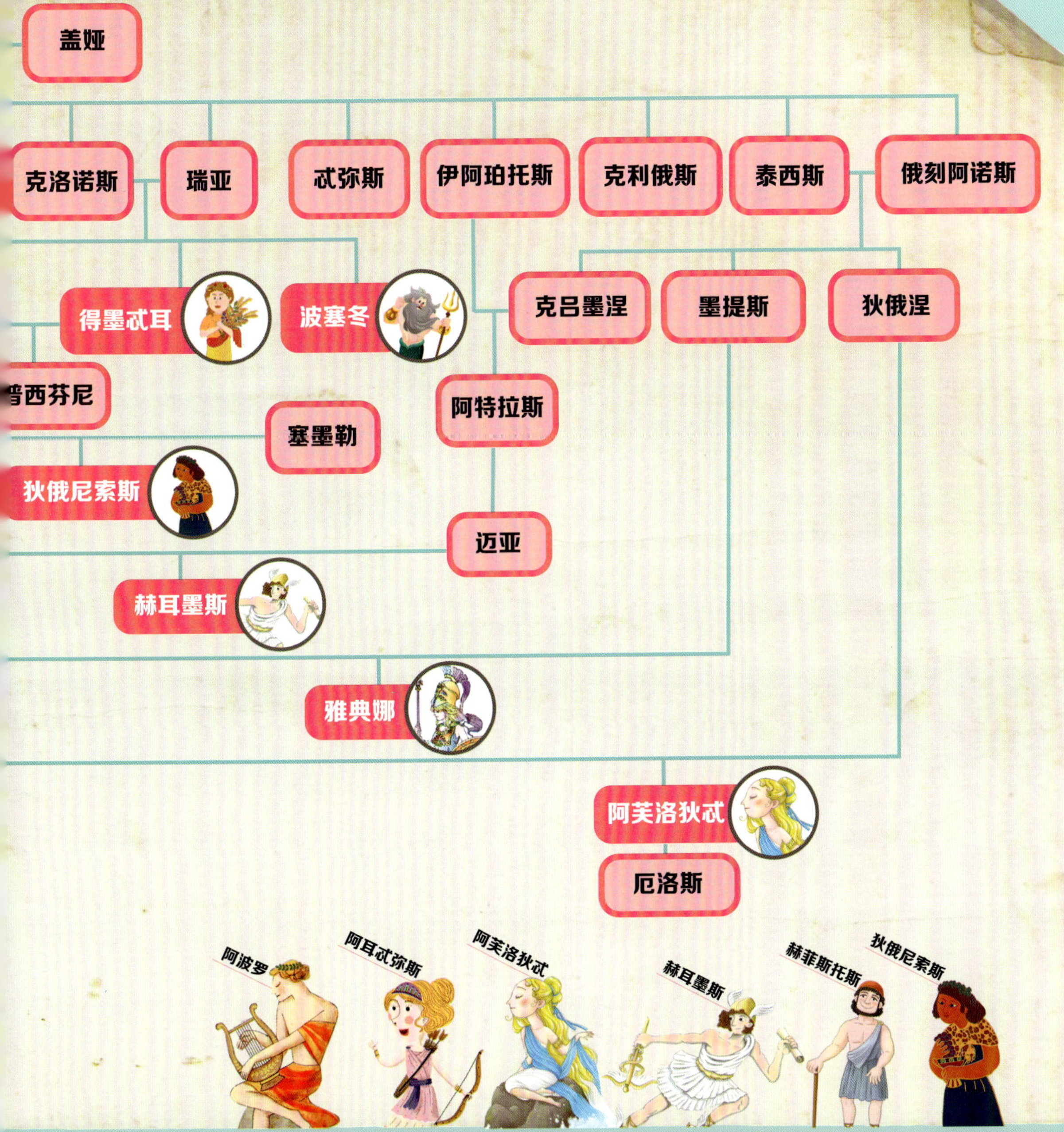
盖娅
克洛诺斯
瑞亚
忒弥斯
伊阿珀托斯
克利俄斯
泰西斯
俄刻阿诺斯
得墨忒耳
波塞冬
克吕墨涅
墨提斯
狄俄涅
西芬尼
阿特拉斯
塞墨勒
狄俄尼索斯
迈亚
赫耳墨斯
雅典娜
阿芙洛狄忒
厄洛斯
阿波罗
阿耳忒弥斯
阿芙洛狄忒
赫耳墨斯
赫菲斯托斯
狄俄尼索斯

神话知识拓展

波塞冬：大海之神

波塞冬是宙斯的兄弟，他拥有不亚于宙斯的力量。他生活在大海中的宫殿里，经常乘坐金鬃铜蹄的马驾车在大海上巡行。当他挥动三叉戟时，可以引发海上的风暴和陆地上的地震。波塞冬的子女众多，其中不乏臭名昭著的巨人和怪物。

哥伦比亚圣安德烈斯岛海底的波塞冬雕像

在波塞冬身旁吹海螺的特里同

波塞冬的儿子：人鱼特里同

特里同是波塞冬和妻子安菲特里忒的儿子。他上半身是人，下半身是鱼。他骑着海马，吹着大海螺，可以扬起或平息海浪。

当年伊阿宋乘着阿耳戈号返回家乡时，就是特里同给予了帮助。当时阿耳戈号迷了路，一直在湖里绕圈，特里同把船扔向大海，这才让伊阿宋回到了家乡。

波塞冬的儿子：飞马珀伽索斯

可怕的蛇发女妖美杜莎原本是个美丽的姑娘。她和波塞冬坠入爱河，还怀了孩子。然而，美杜莎却到处炫耀自己比战争女神雅典娜还漂亮。得知这件事的雅典娜就把美杜莎变成了怪物。后来，珀尔修斯在雅典娜的帮助下砍下了美杜莎的头，从她流出的血液中诞生了飞马珀伽索斯和巨人克律萨俄耳。

波塞冬的儿子：独眼巨人波吕斐摩斯

波吕斐摩斯是波塞冬和海之仙女俄萨的儿子。波吕斐摩斯将参加过特洛伊战争的奥德修斯和他的部下关进洞穴，还陆续吞食了他们中的几个人，后来被奥德修斯刺伤眼睛而失明。奥德修斯从洞穴中逃了出来，再次乘船踏上回家的路，但是就此被波塞冬厌恶，路上遭受了不少苦难。

常识拓展

自然 米诺斯收到波塞冬送来的白色公牛

我们平时见到的公牛一般是黄褐色的，但是在这个故事里波塞冬给米诺斯送来的是一头漂亮的白色公牛。牛是一种在公元前就被人们驯养的家畜。牛一天要吃几个小时的草，除了吃食以外，剩下的大多数时间它在反刍或休息。

白色公牛

科学 代达罗斯的儿子伊卡洛斯因坠落海中而丧生

代达罗斯和儿子伊卡洛斯被关进迷宫之后，就插上自己制作的翅膀逃离了迷宫。代达罗斯使用的翅膀是将鸟的羽毛拼好再封上蜡制成的。因此，在起飞之前，代达罗斯嘱咐伊卡洛斯一定要保持适当的高度。如果飞得太高，太阳的热度会让蜡熔化，羽毛就会脱落。如果飞得太低，海面上潮湿的海风会让翅膀变得沉重。但是伊卡洛斯没有听父亲的话，他越飞越高。于是，强烈的阳光熔化了封蜡，羽毛全部都松动掉落了。最后，没有了翅膀的伊卡洛斯坠入大海淹死了。

伊卡洛斯

奥林匹斯十二主神

希腊神话有意思

农业女神得墨忒耳

[韩]徐恩 编著 [韩]李韩郁 绘 张璟曦 译

中信出版集团 | 北京

图书在版编目（CIP）数据

农业女神得墨忒耳 /（韩）徐恩编著；（韩）李韩郁绘；张璟曦译 .-- 北京：中信出版社，2022.8
（希腊神话有意思 . 奥林匹斯十二主神）
ISBN 978-7-5217-4331-9

Ⅰ . ①农… Ⅱ . ①徐… ②李… ③张… Ⅲ . ①儿童故事 - 图画故事 - 韩国 - 现代 Ⅳ . ① I312.685

中国版本图书馆 CIP 数据核字 (2022) 第 073151 号

农业女神得墨忒耳
（希腊神话有意思 · 奥林匹斯十二主神）

编 著 者：［韩］徐恩
绘　　者：［韩］李韩郁
译　　者：张璟曦
出版发行：中信出版集团股份有限公司
（北京市朝阳区惠新东街甲4号富盛大厦2座　邮编　100029）
承 印 者：北京华联印刷有限公司

开　　本：889mm × 1194mm　1/24　　印　　张：18　　字　　数：504千字
版　　次：2022年8月第1版　　印　　次：2022年8月第1次印刷
京权图字：01-2022-1399　　书　　号：ISBN 978-7-5217-4331-9
定　　价：109.00元（全12册）

出　　品：中信儿童书店
图书策划：好奇岛
策划编辑：明立庆
责任编辑：李跃娜
营销编辑：张远 张琛
封面设计：谢佳静
内文排版：杨兴艳

主要登场人物

得墨忒耳

奥林匹斯十二主神之一，她是农业女神。她能让土地肥沃，五谷丰登，为人们带来无尽的福泽。

哈得斯

宙斯的兄弟，希腊神话中的冥王。他把得墨忒耳的女儿普西芬尼掳走做了妻子。

普西芬尼

她是宙斯和得墨忒耳的女儿，被哈得斯掳走做了妻子。在宙斯的提议下，她每年往返于人间和冥界。

宙斯

奥林匹斯十二主神之首，通常称他为“主神”或“神人之王”。他以雷电为武器，有雄鹰陪伴身旁。

阿芙洛狄忒

奥林匹斯十二主神之一，她是爱与美之女神。她的金腰带可以让所有人爱上她。

厄洛斯

他是女神阿芙洛狄忒的儿子，是小爱神。他的形象是一个小男孩，手拿弓箭，非常调皮。

几个关键词读懂 得墨忒耳

奥林匹斯十二主神之一，

她是农业女神。

家庭关系

兄弟姐妹：宙斯等

子女：普西芬尼、普路托斯

象征

麦穗

火炬

水仙花

神职

农业女神

丰收女神

谷物女神

罗马神话中对应的神祇

色列斯

名字的含义

大地的母亲

得墨忒耳是农业女神。

她能使土地肥沃，五谷丰登。

但是曾经有一段时间，得墨忒耳丢下了自己的职责，

导致大地干涸，寸草不生。

这是因为得墨忒耳发现自己的女儿普西芬尼不见了。

这到底是怎么回事呢?

有一天，爱与美之女神阿芙洛狄忒看到了

偶然来地上巡视的冥王哈得斯。

于是，她对儿子厄洛斯说：

“宝贝，农业女神得墨忒耳一直瞧不起咱们，

妈妈早就想教训她一下了。

你把金箭射向哈得斯，

撮合他和得墨忒耳的女儿普西芬尼在一起！”

厄洛斯按照阿芙洛狄忒的指示，把箭射向了哈得斯。

如果被厄洛斯的箭射中，就会爱上睁开眼后看到的第一个人。

哈得斯一睁开眼就看到普西芬尼正在采花，立刻就对她一见钟情。

他没头没脑地走上前去，说：

“哦，美丽的普西芬尼，请你嫁给我吧！”

突如其来的求婚让普西芬尼感到非常莫名其妙，她拒绝了哈得斯，赶紧跑了。

几天后，普西芬尼到花丛里玩耍。

没想到，大地突然裂开一条缝隙，

哈得斯驾着一辆由黑马拉着的战车出现了。

他迅速把普西芬尼抱上马车，瞬间消失不见了。

当得墨忒耳发现普西芬尼不见的时候，已经太迟了。

她举着火炬焦急地到处找寻女儿，水也不喝，觉也不睡。

但是哪里都不见普西芬尼的踪影，也没有人来帮她。

因为大家都惧怕哈得斯，所以没有人敢告诉和帮助得墨忒耳。

得墨忒耳非常绝望："我的亲生女儿失踪了，
竟然没有人告诉我到底发生了什么。"

于是从那天起，她诅咒大地，把本职工作丢在一旁，什么都不做。

大地渐渐干涸开裂，草、树木和谷物也都因干枯而死去。
没过多久，大地变得一片荒芜。

泉水仙女于心不忍，鼓起勇气把知道的情况告诉了得墨忒耳。

“我之前做河水仙女的时候，曾经流淌到冥府。

当时我看到普西芬尼已经做了哈得斯的新娘了。”

得墨忒耳听后立刻找到宙斯。

“宙斯，普西芬尼被哈得斯带走了，请帮我找回女儿！”

说完，她放声痛哭了起来。

宙斯派赫耳墨斯去哈得斯那里传达他的命令：

“把普西芬尼还给得墨忒耳！”

但是，普西芬尼现在已经无法离开冥界了。

哈得斯给她吃了石榴，

吃过冥界食物的人是无法重返人间的。

哈得斯为了留住普西芬尼，早就在暗中使了手段。

得墨忒耳非常气恼，说道：

“除非普西芬尼回到我身边，
否则我将让大地颗粒无收。”

这样一来，大地上寸草不生，人们都饱受饥荒的痛苦。

如果再这样下去，恐怕过不了多久，所有的生命都会消失。

即便如此，哈得斯仍丝毫不让步。

“我绝不放普西芬尼回去！”

看到得墨忒耳和哈得斯相持不下，宙斯只能站出来调解。

“唉，这可怎么办才好呢？”

苦恼了好几天，宙斯终于想到了一个折中的方法：

普西芬尼今后将往返于冥界和人间。

“收麦子的时候，普西芬尼到冥界和哈得斯一起生活；

到了播麦种的时候，再回到人间和得墨忒耳一起生活。这个方案怎么样？”

对于宙斯的这个提议，得墨忒耳和哈得斯都表示接受。

其实“普西芬尼”本身就有“种子”的意思。

种子不就是这样吗？它们先被埋在土地里，然后长到地面上来孕育出新的生命，

接下来再次变成种子被埋在土地里。

或许是受了名字的影响吧，

普西芬尼将会永远像“种子”一样度过她的余生。

从此以后，一到撒麦种的时候，普西芬尼就会来到人间，和母亲得墨忒耳一起生活。

等到了收麦子的时候，她又会下到冥界，和丈夫哈得斯一起生活。

普西芬尼不在身边的时候，

得墨忒耳会因为陷入悲伤而无心照顾大地。

但是，只要普西芬尼一回来，

她又会在喜悦之下使大地万物复苏，生机盎然。

众神谱系

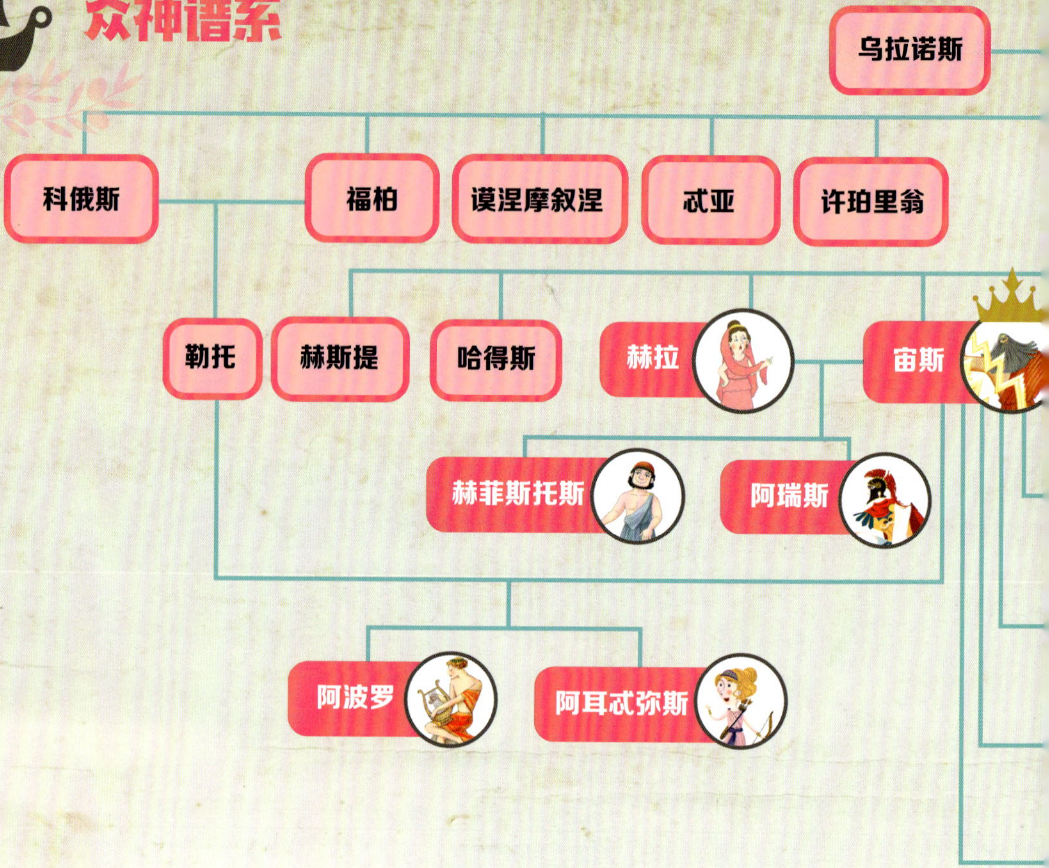

奥林匹斯十二主神

希腊神话中的其他人物

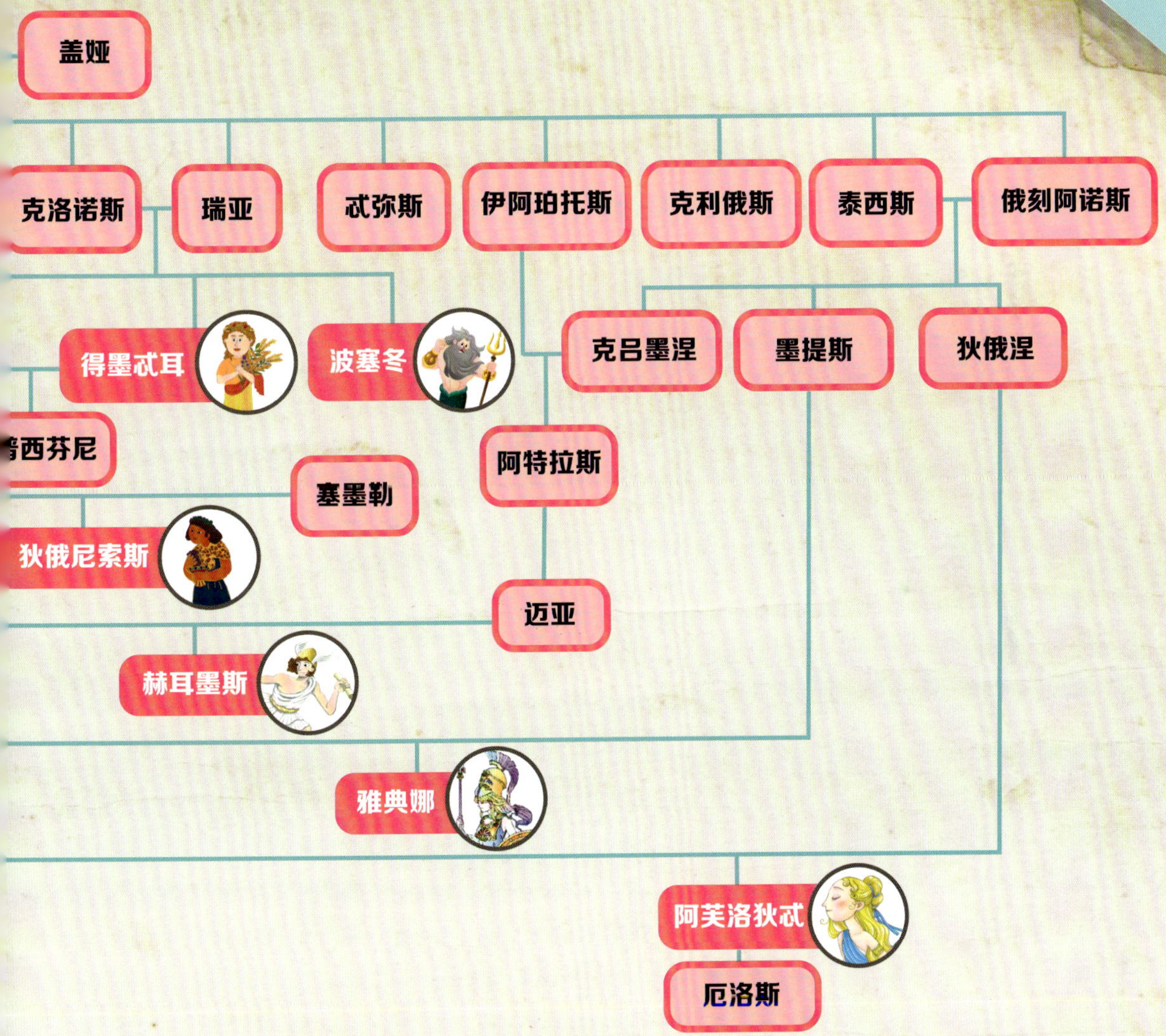
盖娅
克洛诺斯
瑞亚
忒弥斯
伊阿珀托斯
克利俄斯
泰西斯
俄刻阿诺斯
得墨忒耳
波塞冬
克吕墨涅
墨提斯
狄俄涅
西芬尼
塞墨勒
阿特拉斯
狄俄尼索斯
迈亚
赫耳墨斯
雅典娜
阿芙洛狄忒
厄洛斯

阿波罗
阿耳忒弥斯
阿芙洛狄忒
赫耳墨斯
赫菲斯托斯
狄俄尼索斯

神话知识拓展

得墨忒耳：农业女神

农业女神是对人类非常重要的一位女神。人类的生存依赖大麦和小麦，而这位女神可以让这些谷物茁壮成长。因此，人们都虔诚地尊奉着她。

手持麦穗的得墨忒耳雕像

与命运女神堤喀在一起的普路托斯

财神普路托斯：得墨忒耳的儿子

财神普路托斯是得墨忒耳和凡人伊阿西翁的儿子。伊阿西翁由于爱上女神得墨忒耳，被宙斯用闪电劈死。普路托斯司掌粮食的丰收，对人们帮助极大。粮食就等于财富，因此他是希腊神话中的财神。在古典艺术作品中，他被表现为手持丰饶角的小男孩。

农耕祖师特里普托勒摩斯是向得墨忒耳学习的农耕技术

特里普托勒摩斯是生活在厄琉息斯的国王克琉斯的儿子。有一天，克琉斯国王的妻子墨塔涅拉遇到了一个浑身无力坐在路边的老婆婆，她心生怜悯，就把这位老婆婆接到家里，热情地款待了她。这位老婆婆其实就是寻找普西芬尼的得墨忒耳。作为报答，得墨忒耳想将他们的儿子特里普托勒摩斯变为不朽之神，但是墨塔涅拉误会了得墨忒耳并加以阻止，于是得墨忒耳没有成功。得墨忒耳转而教给特里普托勒摩斯农耕技术，还送给他谷物的种子。特里普托勒摩斯将农业知识传播到希腊的各个角落，后来被奉为“农耕祖师”。

位于纳克索斯岛的得墨忒耳神庙

位于厄琉息斯的得墨忒耳神庙

常识拓展

文学 普西芬尼的故事是一则寓言

普西芬尼的意思是谷物的种子。种子埋在土地里，然后从土里生根发芽，这个过程和普西芬尼往返于冥界和人间的过程类似。也就是说，普西芬尼的故事可以被看作是一则将种子拟人化的寓言。

但丁·加百利·罗塞蒂《普西芬尼》

历史 厄琉息斯是得墨忒耳和普西芬尼的圣地

泰勒斯台里昂神庙位于希腊雅典西北方向约20千米处。公元前7世纪时这里曾经是一个独立的国家，但后来和雅典合并成了一个国家。作为农业女神得墨忒耳和她的女儿普西芬尼的圣地，这里每年春季和秋季举办两次庆典，来自希腊全国的人们会在这里齐聚一堂。这里除了得墨忒耳神庙和举办厄琉息斯秘仪的泰勒斯台里昂神庙外，还有很多著名的建筑。

位于厄琉息斯的泰勒斯台里昂神庙

奥林匹斯十二主神

智慧女神雅典娜

希腊神话有意思

[韩]小不点 编著 [韩]梦朵朵 绘 张璟曦 译

中信出版集团 | 北京

图书在版编目（CIP）数据

智慧女神雅典娜 /（韩）小不点编著；（韩）梦朵朵绘；张璟曦译 . -- 北京：中信出版社，2022.8
（希腊神话有意思 . 奥林匹斯十二主神）
ISBN 978-7-5217-4331-9

Ⅰ . ①智… Ⅱ . ①小… ②梦… ③张… Ⅲ . ①儿童故事－图画故事－韩国－现代 Ⅳ . ① I312.685

中国版本图书馆 CIP 数据核字 (2022) 第 073210 号

智慧女神雅典娜
（希腊神话有意思·奥林匹斯十二主神）

编 著 者：［韩］小不点
绘　　者：［韩］梦朵朵
译　　者：张璟曦
出版发行：中信出版集团股份有限公司
（北京市朝阳区惠新东街甲4号富盛大厦2座　邮编　100029）
承 印 者：北京华联印刷有限公司

开　　本：889mm × 1194mm　1/24　印　　张：18　字　　数：504千字
版　　次：2022年8月第1版　印　　次：2022年8月第1次印刷
京权图字：01-2022-1399　书　　号：ISBN 978-7-5217-4331-9
定　　价：109.00元（全12册）

出　　品：中信儿童书店
图书策划：好奇岛
策划编辑：明立庆
责任编辑：曹威
营销编辑：张远 张琛
封面设计：谢佳静
内文排版：杨兴艳

主要登场人物

雅典娜

奥林匹斯十二主神之一，是智慧、战争女神。比起战争，她更加向往和平，在保护人类的战争中，她会抗争到底。

宙斯

奥林匹斯十二主神之首，通常称他为“主神”或“神人之王”。他以雷电为武器，有雄鹰陪伴身旁。

波塞冬

奥林匹斯十二主神之一，是大海之神。他拥有不亚于宙斯的力量，是宙斯最强有力的对手。

阿拉克涅

她擅长织布，向雅典娜挑战织布手艺时，因挑战失败而自尽，被变为蜘蛛。

几个关键词读懂雅典娜

奥林匹斯十二主神之一，
她是智慧女神。

家庭关系

父亲：宙斯

神职

智慧女神

战争女神

纺织女神

象征

猫头鹰

蛇

橄榄枝

头盔和甲胄

长矛和埃癸斯盾牌

帮助过的英雄

珀尔修斯

柏勒洛丰

赫拉克勒斯

奥德修斯

罗马神话中对应的神祇

密涅瓦

对抗过的神

海神波塞冬

战争之神阿瑞斯

雅典娜是智慧女神和战争女神，

她从宙斯的头颅中出生，出生时身着铠甲，头戴头盔。

她虽然被称为战争女神，但是向往和平。

她痛恨那些惨无人道的战争，

只有以保护人类为目的的战争，她才会伸出援手。

雅典娜刚一出生就去了流经冥界的斯提克斯河。
这条冥河是众神许下特殊誓言的地方，
在这里发的誓无论哪位神都无法违背。
雅典娜在这里清洗身体，然后她发誓说：

“我将永远保持处女之身！”

雅典娜非常喜欢阿提卡这座城市，
但是海神波塞冬也想占有它。

于是众神决定，谁能拿出有益于人类的礼物，就把阿提卡交给谁。

波塞冬送给了人类马匹，雅典娜送出了一棵橄榄树。

众神一致认为橄榄树对人类更有用，于是决定阿提卡属于雅典娜。

雅典娜决定以自己的名字命名阿提卡，
将其改名为“雅典”，并用心守护着这座城市。

智慧女神雅典娜赐予了雅典居民最宝贵的智慧，
向人们传授了种庄稼的方法、捕鱼的方法、
做针线活以及织布等技术。

除此之外，雅典娜还教会了人们如何制造大船和装有轮子的战车。

因此，雅典人民过上了富足且便利的生活。

后来雅典人民为了表示对雅典娜的谢意，建造了帕提侬神庙。

如果有敌人进攻雅典，
雅典娜就会为了保卫城市和大家一起并肩作战。

雅典娜从宙斯那里得到了一面名叫埃癸斯的盾牌，

每当她挥舞这面盾牌时，都会掀起巨大的风暴。

因此，所有敌人看到埃癸斯都吓得抱头鼠窜。

正是因为有了雅典娜，雅典人民才能过上和平的生活。

虽然雅典娜对人们充满了怜悯和慈悲，

但是她一旦发起火来，也是非常恐怖的。

把雅典娜惹恼的是一个叫作阿拉克涅的女子，

她擅长织布。

人们看到阿拉克涅织布的样子，就说道：

“阿拉克涅织布的手艺一定是跟雅典娜女神学的。”

听到人们的称赞，阿拉克涅有点儿飘飘然。

“我还真想找个机会和雅典娜女神比试一下织布的手艺呢。

如果我输了，任何惩罚我都甘愿接受。”

这句话传到了雅典娜耳朵里，她说道：

“竟敢挑战我？

看来我得去劝诫她一下。”

雅典娜乔装成一个老奶奶去见了阿拉克涅。

“阿拉克涅，神不是随随便便就可以去挑战的。

你还不快去雅典娜女神那里祈祷获得原谅。”

然而阿拉克涅却没好气地说：

“你一个老太婆，这跟你有什么关系？

神什么的，我才不怕呢。”

听了这话，本性慈悲的雅典娜忍无可忍，

就在阿拉克涅面前现出了真身，并对她说：

“阿拉克涅，那就如你所愿，我们比试一下吧。”

于是两人开始了较量，

她们各就其位，坐在织布机前奋力织布。

雅典娜在织物上织出了英姿飒爽的众神以及人们接受神的惩罚的场景。

然而，阿拉克涅却织出了变身成天鹅的宙斯拥抱斯巴达王后勒达的场景。她用这种方式表达她对神的嘲弄。

雅典娜看了一眼阿拉克涅织的布，心里很是惊叹，她的纺织手艺真是太精湛了。

但是，雅典娜依然无法原谅她藐视神祇的傲慢态度。

雅典娜用织布机的梭子击打阿拉克涅织的织物，

把它击成了碎片。

阿拉克涅无法忍受这种耻辱，就上吊了。

这时，雅典娜心生怜悯，说道：

“阿拉克涅，我命你变成蜘蛛，永远吊着吧！”

于是，阿拉克涅变成了蜘蛛，她从身体里抽丝纺线，

永远地悬挂在了蜘蛛网上。

众神谱系

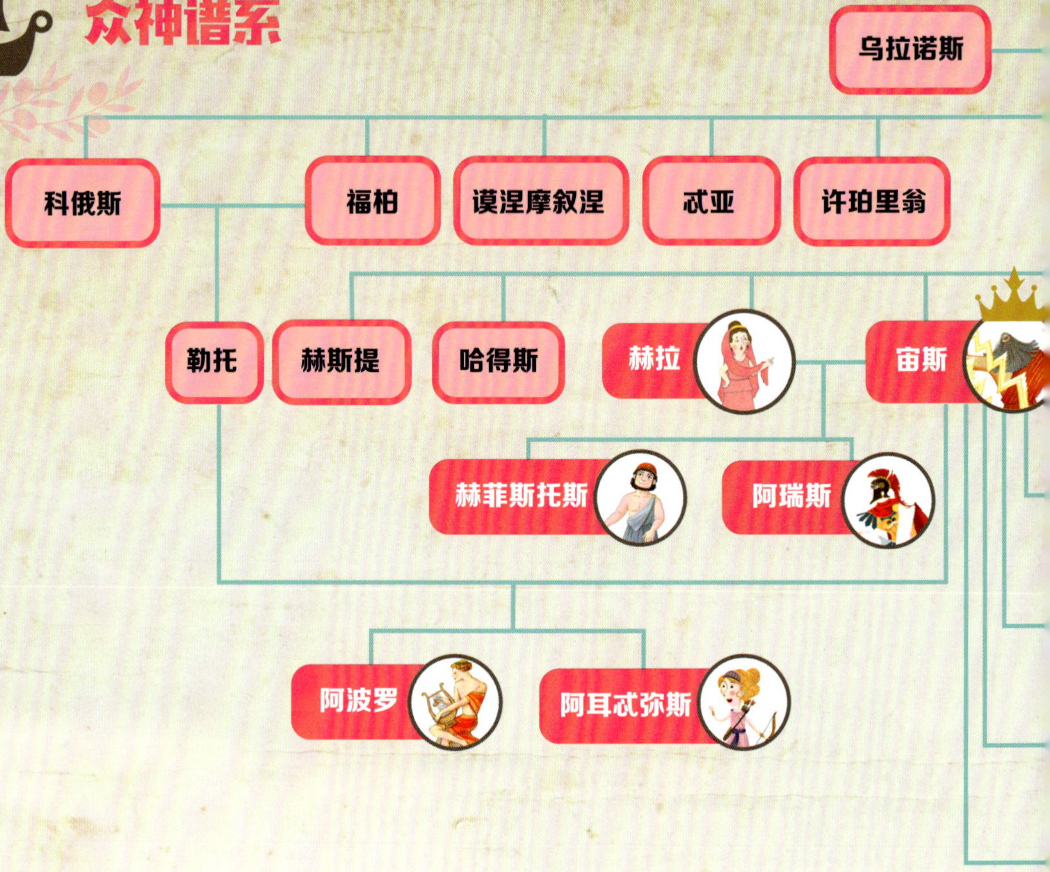

奥林匹斯十二主神

希腊神话中的其他人物

盖娅
克洛诺斯
瑞亚
忒弥斯
伊阿珀托斯
克利俄斯
泰西斯
俄刻阿诺斯
得墨忒耳
波塞冬
克吕墨涅
墨提斯
狄俄涅
西芬尼
塞墨勒
阿特拉斯
狄俄尼索斯
迈亚
赫耳墨斯
雅典娜
阿芙洛狄忒
厄洛斯
阿波罗
阿耳忒弥斯
阿芙洛狄忒
赫耳墨斯
赫菲斯托斯
狄俄尼索斯

神话知识拓展

雅典娜：战争女神

雅典娜是战争女神，但是比起战争她更向往和平，她只会对正义的战争伸出援手。

战争之神阿瑞斯只追求胜利，生性残忍，而雅典娜会为了帮助人类而和阿瑞斯斗争。

手持长矛和埃癸斯盾牌的雅典娜雕像

勒内 · 安托万 · 胡安斯《密涅瓦的诞生》，藏于法国凡尔赛宫

雅典娜诞生于宙斯的头颅

雅典娜的父亲是宙斯，母亲是宙斯的第一任妻子大洋神女墨提斯。墨提斯同时还是智慧女神。盖娅曾经预言，墨提斯生下的女儿将会具备和宙斯一样的能力，因此宙斯在墨提斯怀孕之后就把她整个吞入腹中。后来胎儿在宙斯的体内长大，最后从他的头颅里诞生。雅典娜继承了母亲的智慧，成为新一任智慧女神。

雅典娜用的埃癸斯盾牌本来是宙斯的装备

雅典娜手持的埃癸斯盾牌本来是工匠之神赫菲斯托斯为宙斯打造的，后来宙斯将盾牌作为礼物送给了雅典娜。埃癸斯可以抵挡宙斯的雷电，非常坚固，挥动盾牌的时候会电闪雷鸣，暴风骤起。后来，珀尔修斯把美杜莎的头颅献给了雅典娜，雅典娜把它装在了盾牌中央。

杜里斯《赫拉克勒斯和雅典娜》，藏于德国慕尼黑州立文物博物馆

雅典娜帮助了许多英雄

雅典娜曾经在很多英雄的冒险中给予了帮助，比如珀尔修斯、柏勒洛丰、赫拉克勒斯和奥德修斯等。珀尔修斯去砍掉美杜莎的头颅之前，雅典娜给了他盾牌，还告诉了他杀掉美杜莎的方法。雅典娜送给柏勒洛丰金缰绳，还告诉了他飞马珀伽索斯所在泉水的位置。赫拉克勒斯为了忒拜而参战时，雅典娜与他并肩作战，还告诉他去冥界的方法，使他能够顺利抓到地狱三头犬刻耳柏洛斯。另外，奥德修斯在特洛伊战争结束之后的归乡途中，雅典娜帮助了他，并且在他身处困境时给予了他勇气。

常识拓展

帕提侬神庙是为雅典娜建造的

历史

雅典人民为了表示感谢，建造帕提侬神庙献给一直守护他们的雅典娜。神庙里原来存放着雕刻家菲狄亚斯制作的雅典娜神像，神像用黄金和象牙做成，高十二米。帕提侬神庙是希腊众多神庙中最美丽雄伟的一个，联合国教科文组织标志的设计灵感就来源于此。

联合国教科文组织标志

位于希腊雅典卫城山冈上的帕提侬神庙

象征雅典娜的鸟是猫头鹰

自然

古希腊诗人荷马称雅典娜为“长着猫头鹰眼睛的神”，意思是，如同能够穿透黑暗的猫头鹰的眼睛一样，她具有能够洞察一切的智慧。因此，猫头鹰成了象征雅典娜的鸟。

黑夜中的猫头鹰

希腊神话有意思

奥林匹斯十二主神

战神阿瑞斯

[韩]徐恩 编著 [韩]赵雅英 绘 张璟曦 译

中信出版集团 | 北京

图书在版编目（CIP）数据

战神阿瑞斯 /（韩）徐恩编著；（韩）赵雅英绘；
张璟曦译 .-- 北京：中信出版社，2022.8
（希腊神话有意思 . 奥林匹斯十二主神）
ISBN 978-7-5217-4331-9

Ⅰ . ①战… Ⅱ . ①徐… ②赵… ③张… Ⅲ . ①儿童故事－图画故事－韩国－现代 Ⅳ . ① I312.685

中国版本图书馆 CIP 数据核字 (2022) 第 073211 号

战神阿瑞斯
（希腊神话有意思 · 奥林匹斯十二主神）

编 著 者：［韩］徐恩
绘　　者：［韩］赵雅英
译　　者：张璟曦
出版发行：中信出版集团股份有限公司
（北京市朝阳区惠新东街甲4号富盛大厦2座　邮编　100029）
承 印 者：北京华联印刷有限公司

开　　本：889mm × 1194mm　1/24　　印　　张：18　　字　　数：504千字
版　　次：2022年8月第1版　　印　　次：2022年8月第1次印刷
京权图字：01－2022－1399　　书　　号：ISBN 978-7-5217-4331-9
定　　价：109.00元（全12册）

出　　品：中信儿童书店
图书策划：好奇岛
策划编辑：明立庆
责任编辑：曹威
营销编辑：张远 张琛
封面设计：谢佳静
内文排版：杨兴艳

主要登场人物

阿瑞斯

奥林匹斯十二主神之一，是战争之神。他在战争中只追求胜利，生性残忍。

雅典娜

奥林匹斯十二主神之一，是智慧、战争女神。比起战争，她更加向往和平，在保护人类的战争中，她会抗争到底。

宙斯

奥林匹斯十二主神之首，通常称他为“主神”或“神人之王”。他以雷电为武器，有雄鹰陪伴身旁。

波塞冬

奥林匹斯十二主神之一，是大海之神。他拥有不亚于宙斯的力量，是宙斯最强有力的对手。

海罗豪特乌斯

海神波塞冬的儿子，由于掳走阿瑞斯的女儿，被阿瑞斯杀死。

小阿尔基佩

阿瑞斯的女儿，被海罗豪特乌斯强行掳走，后来阿瑞斯把她救了回来。

几个关键词读懂阿瑞斯

奥林匹斯十二主神之一，
他是战争之神。

家庭关系

父亲：宙斯
母亲：赫拉
子女：小阿尔基佩、福波斯和得摩斯

象征

火炬
犬
秃鹰
剑
矛
盾牌

神职

战争之神
暴乱之神

和他关系不好的神

战争女神雅典娜
火神、工匠之神赫菲斯托斯

名字的含义

战争

罗马神话中对应的神祇

马尔斯

阿瑞斯是宙斯和赫拉的儿子。

他是战争之神，残忍狂暴，极其喜欢暴力和战争。

另外，阿瑞斯只重视在战争中取胜，从不关注战争的正义与否。

因此，宙斯并不怎么喜欢阿瑞斯。

阿瑞斯总是带着双胞胎儿子福波斯和得摩斯驰骋沙场。

福波斯和得摩斯能够给人们造成极大的恐惧，

所以经常令敌人闻风丧胆，迅速逃跑。

除了阿瑞斯还有一位战争之神，
那就是战争女神雅典娜。
阿瑞斯和雅典娜都属于战争之神，但是两者截然不同。

阿瑞斯一直渴望战争的发生，
但雅典娜比起战争更加向往和平。

因此，他们两个人的关系并不是很好。
他们曾在希腊和特洛伊的战争中面对面厮杀过。

在特洛伊战争中，好战的阿瑞斯兴奋得手舞足蹈。

本来答应帮助希腊人的他，竟然站在了特洛伊人一边，将长矛向希腊士兵投去。

希腊士兵被阿瑞斯击中，无力地倒在了战场上。

“哈哈！胜利属于我！”阿瑞斯说道。

为了获得胜利，他对希腊军队展开了无情的杀戮。

就在这时，来帮助希腊军队的雅典娜出现，

胜利的曙光瞬间降临在希腊人身上。

只会使用蛮力的阿瑞斯终究是无法战胜以智慧作战的雅典娜的。

在那之后，阿瑞斯和雅典娜在战场上还有过很多次交手，

但是每次胜利女神尼姬都站在了雅典娜这一边。

她展开双翅，为雅典娜的胜利欢呼：

“正义的战争女神雅典娜啊，胜利是属于你的！”

阿瑞斯虽然很残忍，但是在女儿小阿尔基佩面前，

却是个爱女心切的父亲。

有一天，小阿尔基佩感到口渴，就去附近的泉水边喝水。

海神波塞冬有个儿子叫海罗豪特乌斯，刚好那眼泉水就在海罗豪特乌斯掌管的范围内。

海罗豪特乌斯对小阿尔基佩一见钟情，

表达爱意之后就将她强行掳走了。

得知这件事情的阿瑞斯大发雷霆：

“竟然强行把我的女儿带走，还欺负她！

简直不可饶恕！”

阿瑞斯举起长矛杀死了海罗豪特乌斯，

把小阿尔基佩救了出来。

海罗豪特乌斯死后，波塞冬陷入了巨大的悲痛之中，于是他去见了宙斯。

“宙斯啊，请您惩罚杀死我儿子的阿瑞斯！”

在波塞冬恳切的请求下，宙斯召集了众神。

众神聚齐之后，审判开始了。

有很多神都吐露了对阿瑞斯的不满。

“阿瑞斯的行为过于残忍，不能就此姑息！”

“必须有人来阻止一下尚武好战的阿瑞斯啊！”

另外也有一些神赞同阿瑞斯的做法。

“阿瑞斯杀死海罗豪特乌斯也是为了救女儿啊。”

“没错，是海罗豪特乌斯先欺负人的啊。”

认为应该给阿瑞斯降罪的神

和认为阿瑞斯无罪的神针锋相对。

两方争辩了许久后，众神终于达成了共识。

宙斯宣布审判结果：

“阿瑞斯无罪！”

“什么？这怎么可能！”

波塞冬愤怒得失声痛哭。

不过由于这是众神做出的决定，他也无可奈何。

讨论阿瑞斯是否有罪的这次审判，被认为是最早的审判。

为了纪念这次审判，海罗豪特乌斯泉水旁的山丘被称作“战神山”。

此后，在战神山还举行过很多场重要的审判，古代雅典的战神山议事会也设在这里。

众神谱系

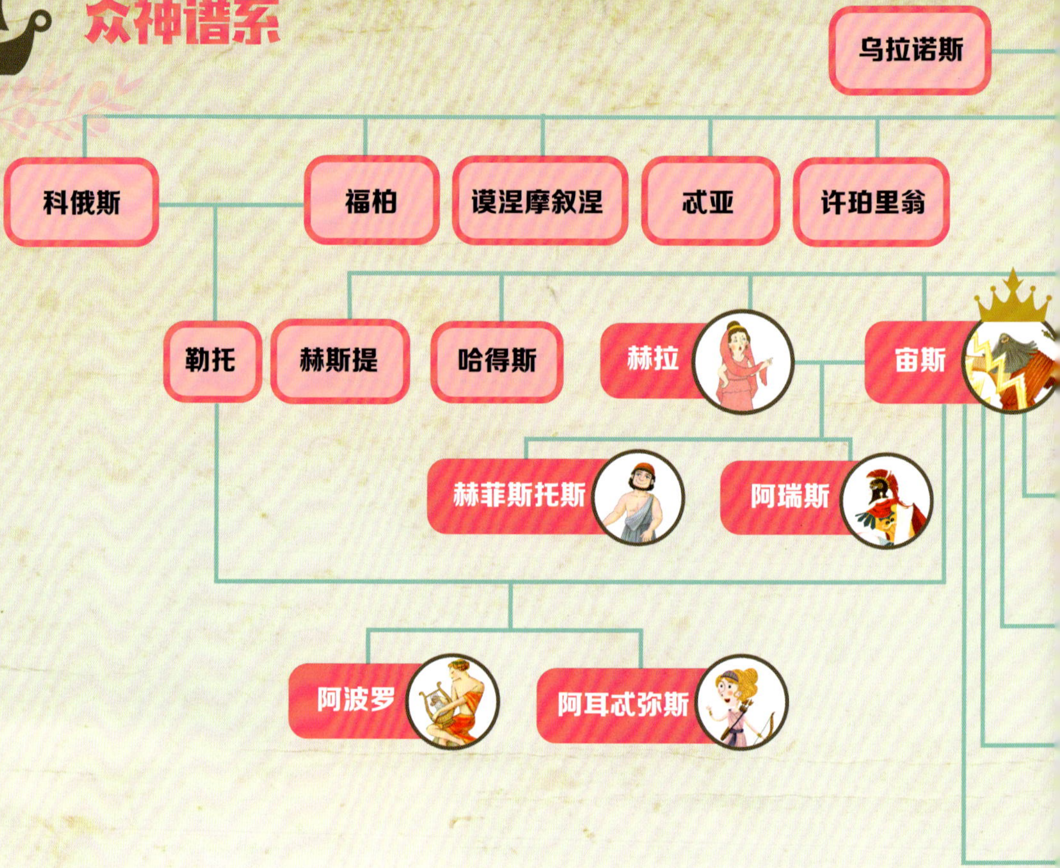

奥林匹斯十二主神

希腊神话中的其他人物

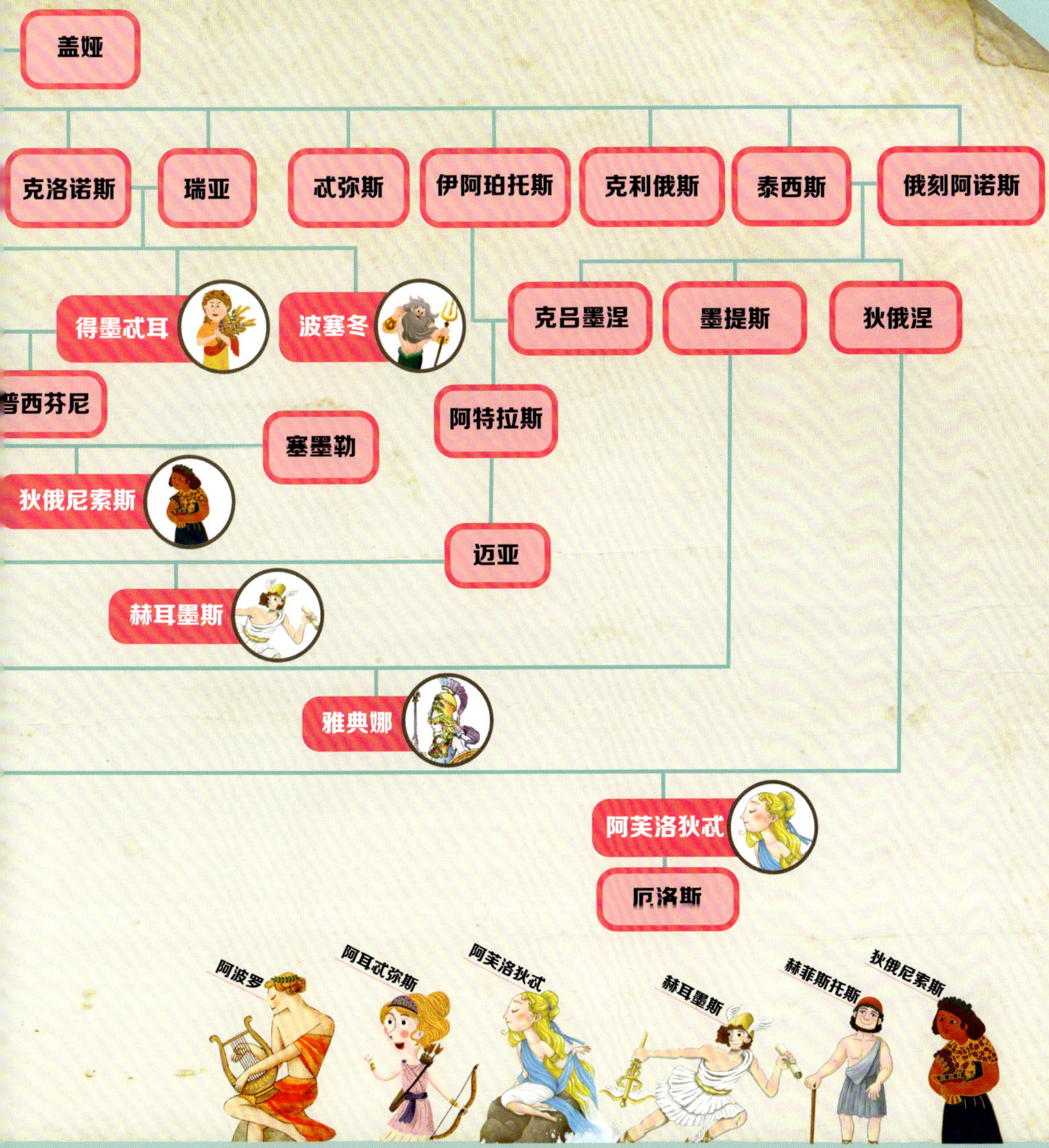

盖娅
克洛诺斯
瑞亚
忒弥斯
伊阿珀托斯
克利俄斯
泰西斯
俄刻阿诺斯
得墨忒耳
波塞冬
克吕墨涅
墨提斯
狄俄涅
西芬尼
阿特拉斯
塞墨勒
狄俄尼索斯
迈亚
赫耳墨斯
雅典娜
阿芙洛狄忒
厄洛斯
阿波罗
阿耳忒弥斯
阿芙洛狄忒
赫耳墨斯
赫菲斯托斯
狄俄尼索斯

神话知识拓展

阿瑞斯：战争之神

阿瑞斯是宙斯和赫拉的儿子。因为是战争之神，他总会被人拿来和雅典娜相比较。雅典娜是懂得用智慧武装自己的正义战神，阿瑞斯则是只会使用蛮力的残忍战神。

古罗马时代哈德良别墅的阿瑞斯雕像

阿瑞斯深受罗马人的喜爱

阿瑞斯总是帮助希腊人以外的其他民族战斗。比如，在希腊和特洛伊之间发生战争的时候，阿瑞斯就帮助特洛伊军队攻打希腊军队。所以希腊人并不是很喜欢阿瑞斯。相反，罗马神话中的阿瑞斯，也就是马尔斯，被刻画成罗马奠基者罗慕路斯的父亲，是备受罗马人崇敬的神。

吃狼奶的罗慕路斯与勒莫斯

阿瑞斯并不是很善战

阿瑞斯身材高大魁梧，但在战斗中的表现并不是很优秀。他经常在战斗中因败北而受伤，或者狼狈逃走。巨人双胞胎阿洛伊代挑战众神时，阿瑞斯站出来迎战，却被巨人抓走关在罐子里长达十三个月。

还有一次，赫拉克勒斯杀死了阿瑞斯的儿子，阿瑞斯在和赫拉克勒斯打斗的过程中，反而被长矛刺伤了腿，逃往奥林匹斯。在特洛伊战争中，雅典娜帮助狄俄墨得斯用长矛击中阿瑞斯的小腹，阿瑞斯惨叫一声，逃回了奥林匹斯。

常识拓展

对阿瑞斯的审判是最早的杀人案件审判

阿瑞斯杀死海罗豪特乌斯是因为后者强行掳走了他的女儿小阿尔基佩。海罗豪特乌斯的父亲波塞冬告发了阿瑞斯，于是众神举行了审判，这被认为是最早对杀人案件进行的审判。除波塞冬和阿瑞斯以外的奥林匹斯十二主神决定用投票的方式来裁决阿瑞斯是否有罪。

其中，女神都选择站在阿瑞斯这一边。最后得出的结论是阿瑞斯无罪。对阿瑞斯进行审判的地方就是阿瑞斯杀死海罗豪特乌斯的地点，这里被称作“阿瑞奥帕戈斯”，也就是“战神山”。

战神山后方的帕提侬神庙

火星的英文名是阿瑞斯在罗马神话中的名字

火星是距离太阳第四近的行星。由于八大行星里它离地球较近，所以很多宇宙探测器都到火星上探测过。探测帮助我们获得了丰富的资料，使火星研究取得了很大的进步。

火星看起来是火红色的，自古以来人们就把它和战争、灾难联系在一起。火星有两颗卫星，分别是福波斯和得摩斯。在希腊神话里，福波斯和得摩斯是阿瑞斯的双胞胎儿子，他们经常在父亲的带领下一起征战沙场。

红色的火星

奥林匹斯十二主神

希腊神话有意思

酒神狄俄尼索斯

[韩] 金秀喜 编著 [韩] 林美兰 绘 张璟曦 译

中信出版集团 | 北京

图书在版编目（CIP）数据

酒神狄俄尼索斯 /（韩）金秀喜编著；（韩）林美兰绘；张璟曦译 .-- 北京：中信出版社，2022.8
（希腊神话有意思 . 奥林匹斯十二主神）
ISBN 978-7-5217-4331-9

Ⅰ . ①酒… Ⅱ . ①金… ②林… ③张… Ⅲ . ①儿童故事 - 图画故事 - 韩国 - 现代 Ⅳ . ① I312.685

中国版本图书馆 CIP 数据核字 (2022) 第 073220 号

酒神狄俄尼索斯
（希腊神话有意思 · 奥林匹斯十二主神）

编 著 者：[韩] 金秀喜
绘　　者：[韩] 林美兰
译　　者：张璟曦
出版发行：中信出版集团股份有限公司
（北京市朝阳区惠新东街甲4号富盛大厦2座　邮编　100029）
承 印 者：北京华联印刷有限公司

开　　本：889mm × 1194mm　1/24　　印　　张：18　　字　　数：504千字
版　　次：2022年8月第1版　　印　　次：2022年8月第1次印刷
京权图字：01-2022-1399　　书　　号：ISBN 978-7-5217-4331-9
定　　价：109.00元（全12册）

出　　品：中信儿童书店
图书策划：好奇岛
策划编辑：明立庆
责任编辑：袁慧
营销编辑：张远 张琛
封面设计：谢佳静
内文排版：杨兴艳

服务热线：400-600-8099
投稿邮箱：author@citicpub.com

主要登场人物

狄俄尼索斯

奥林匹斯十二主神之一，是葡萄酒之神。他到处游历，教给人们种植葡萄和酿造甜美葡萄酒的方法。

宙斯

奥林匹斯十二主神之首，通常称他为“主神”或“神人之王”。他以雷电为武器，有雄鹰陪伴身旁。

赫拉

奥林匹斯十二主神中至高无上的女神，也是婚姻和家庭之神。她是宙斯的妻子。

塞墨勒

狄俄尼索斯的母亲，因中了赫拉的诡计而去世。

几个关键词读懂 狄俄尼索斯

奥林匹斯十二主神之一，
他是葡萄酒之神。

家庭关系

父亲：宙斯

母亲：塞墨勒

神职

葡萄酒之神

葡萄之神

丰饶之神

欢乐之神

他的追随者

西勒诺斯

萨蒂尔

罗马神话中对应的神祇

巴克科斯

象征

葡萄

葡萄酒

豹

虎

酒神杖

手鼓

别称

重生者

喧闹者

拯救者

大家都知道葡萄是一种酸甜可口的水果，

那么，第一个种葡萄的人是谁呢？

没错，那就是欢乐之神狄俄尼索斯。

他最早开始尝试种植葡萄，再将葡萄榨汁制作成葡萄酒。

因此，狄俄尼索斯还被奉为“葡萄之神”和“葡萄酒之神”。

大家知道吗？狄俄尼索斯的出生相当离奇，他竟然出生了两次。

这到底是怎么回事呢？

有一天，宙斯来到人间，和美丽的塞墨勒公主坠入爱河。

宙斯的妻子赫拉知道之后非常生气。

“你竟敢爱上其他女人，
我不会放过她的！”

赫拉乔装成一个老太太，找到塞墨勒，跟她说：

“现在和你相爱的那个人，你确定真的就是宙斯吗？

听说，谎称自己是宙斯的小伙子可不少呢……”

赫拉的话在塞墨勒心里种下了怀疑的种子。

赫拉还发出蛇一样的声音煽动她：

“下次见到他的时候，你让他显露真身给你看。”

几天之后，变身成凡人模样的宙斯来见塞墨勒了。

“亲爱的宙斯，请让我看看您的真身吧。”塞墨勒请求道。

“不可以。凡人是无法承受神的光辉的。”

宙斯极力劝阻，但是塞墨勒依然执意要求宙斯。

“没办法了。愚蠢的塞墨勒，那你就睁开眼睛看清楚吧。”

一眨眼的工夫，宙斯穿着黄金盔甲，以神的形象出现在塞墨勒面前。

宙斯的光芒太耀眼，塞墨勒的身上着起火来。

就在这时，她肚子里的孩子也出生了。

宙斯心想：我现在失去了塞墨勒，不能再没有这个孩子了。

于是他为了救活这个尚未足月的婴儿，把他缝进了自己的大腿中。

过了几个月，发育完全的婴儿从宙斯的大腿里出生了。

这个孩子就是狄俄尼索斯。

狄俄尼索斯在仙女们的精心照料下茁壮成长起来。

狄俄尼索斯长大成人后，并没有一直待在奥林匹斯。

他游历各地，途经的每一个地方，当地人都非常喜欢他，他经常被大家包围着。

萨蒂尔和年迈的师傅西勒诺斯也一直陪在他身边。

不管狄俄尼索斯走到哪里，都快乐地和大家一起奏乐跳舞，简直热闹极了。

狄俄尼索斯虽然是欢乐之神，
但有时也会变得非常可怕。

有一天，狄俄尼索斯独自在希俄斯岛的海边走着，
这时有几个上岛来寻找水源的船员，
他们看到了狄俄尼索斯，动了歹心。
“这小伙儿长得可真英俊，
把他抓去做奴隶，一定能卖很多钱。”
于是他们就把狄俄尼索斯抓去见了船长，船长非常高兴。

船员们将狄俄尼索斯紧紧地绑了起来。

狄俄尼索斯丝毫没有反抗，只是默默地微笑。

“报告船长，他好像不是普通的凡人，

咱们还是以礼相待，再妥善地把他送回去比较好。”

舵手感受到了狄俄尼索斯身上神的气息，颤抖着说道。

但是船长却无视了舵手的提醒，依然让船起航了。

当船行驶到大海的中央，

捆住狄俄尼索斯的绳索突然松开了。

“小伙子力气还挺大，这次把他绑紧点。”

但是，不管绑多紧，绳子都会很快松开，

即使换成铁锁链也是一样。

所有的船员都吓得瞠目结舌，他们不知所措地望着狄俄尼索斯。

就在这时，葡萄藤不知道从哪儿突然冒了出来，爬上了高高的桅杆，不一会儿就把整个船都盖住了。整个甲板上都流淌着红色的葡萄酒。

“侮辱神的人，不可原谅。呜哇！”

突然不知道从哪里跳出一只豹子，猛扑向船长。

“啊，神发怒了！”

船员们都吓得瑟瑟发抖，惊慌得四处逃窜。

但是，奇怪的事情发生了！

他们发现自己的后背开始弯曲，嘴巴慢慢凸了出来，

四肢变得又短又粗。

一瞬间，船上的船员被变成了海豚，它们扑通扑通地跳进了大海里。

在所有的船员之中，只有一个人没有被变成海豚，

那就是感受到神的气息的舵手。

“你愿意追随我吗？”狄俄尼索斯问道。

舵手欣然答应。

于是，狄俄尼索斯带着舵手回到了他的队伍里。

就这样，欢乐之神狄俄尼索斯和众人
一起再次踏上了愉快的旅途。

众神谱系

奥林匹斯十二主神

希腊神话中的其他人物

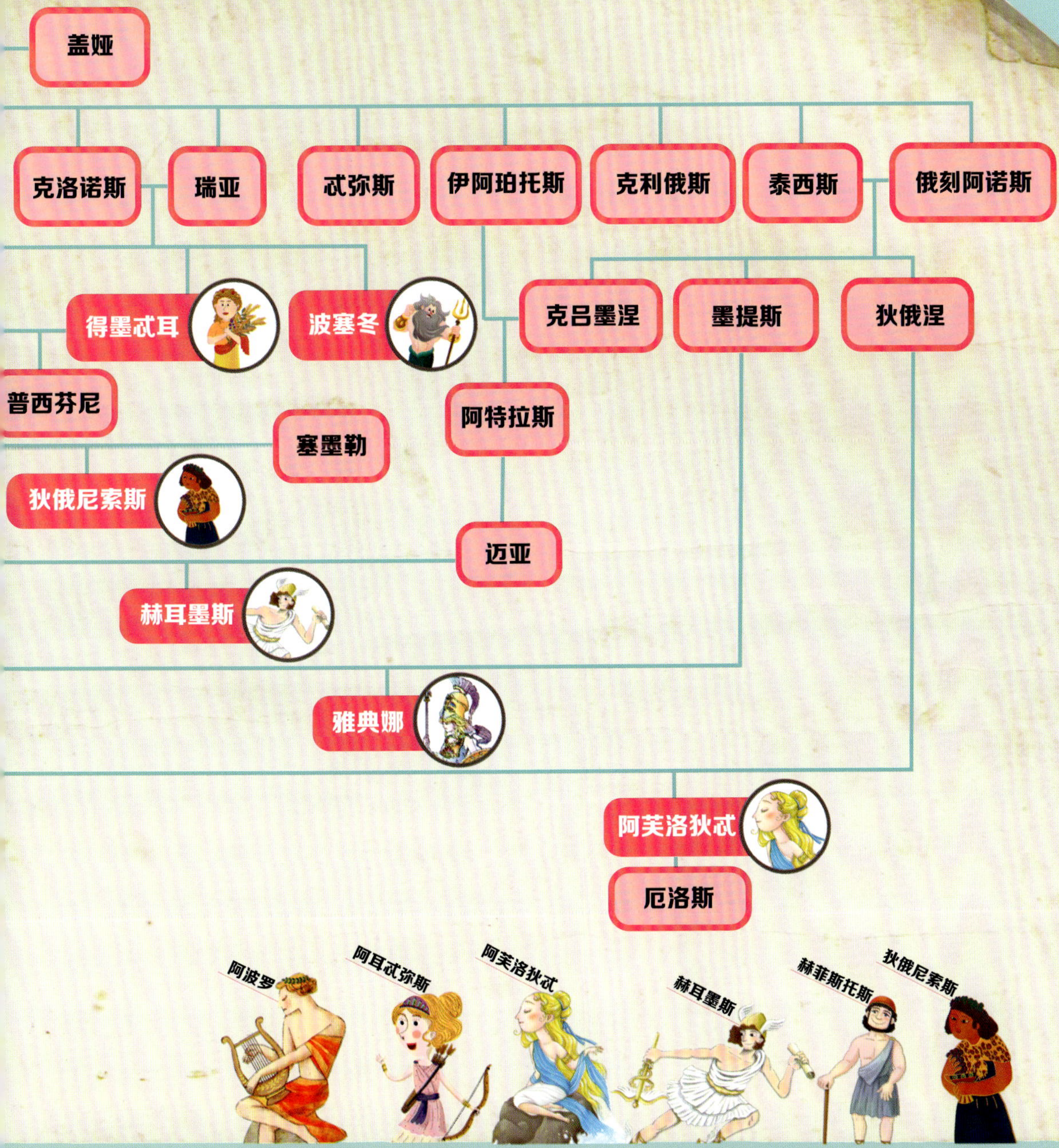
盖娅
克洛诺斯
瑞亚
忒弥斯
伊阿珀托斯
克利俄斯
泰西斯
俄刻阿诺斯
得墨忒耳
波塞冬
克吕墨涅
墨提斯
狄俄涅
普西芬尼
塞墨勒
阿特拉斯
狄俄尼索斯
迈亚
赫耳墨斯
雅典娜
阿芙洛狄忒
厄洛斯
阿波罗
阿耳忒弥斯
阿芙洛狄忒
赫耳墨斯
赫菲斯托斯
狄俄尼索斯

神话知识拓展

狄俄尼索斯：葡萄和葡萄酒之神

狄俄尼索斯是葡萄和葡萄酒之神，所以他被刻画成头戴葡萄藤花冠、手拿葡萄串或酒杯的形象。他在母亲塞墨勒腹中未足月就出生了，后来被宙斯塞进大腿里，等到发育完全后又出生了一次。

狄俄尼索斯雕像

骑豹子的小狄俄尼索斯雕像

狄俄尼索斯是在尼萨山长大的

狄俄尼索斯出生之后宙斯就告诉赫耳墨斯，让他把狄俄尼索斯带到尼萨山的仙女那里。这样做是为了保护狄俄尼索斯，让他不受赫拉的威胁。于是狄俄尼索斯就被带到尼萨山，在姨妈伊诺和尼萨山仙女们的照料下长大。尼萨山是传说故事里出现的山，关于它的位置有很多种说法，如印度、埃及、埃塞俄比亚、利比亚等。

在赫拉的威胁下，狄俄尼索斯居无定所

狄俄尼索斯虽然有幸躲过赫拉的监视，平平安安地长大成人了，但是他依然没能躲过赫拉的诅咒。赫拉把狄俄尼索斯赶出曾经成长的地方，让他四处漂泊。狄俄尼索斯无法在一个地方长久居住，一直在旅行的路上。在旅途中，他教给人们种植葡萄和酿造葡萄酒的方法，所以，有人说，葡萄和葡萄酒的传播路径和狄俄尼索斯游历各地的路线是一致的。

西勒诺斯和萨蒂尔一直陪伴在狄俄尼索斯身边

西勒诺斯和萨蒂尔也在跟随狄俄尼索斯游历各地的队伍中。西勒诺斯充满智慧，是狄俄尼索斯的师傅。一般他被刻画成嗜酒常醉、骑着毛驴的年迈老者形象。萨蒂尔是长着人脸、下半身是羊的怪物，他头上长着小小的角，喜欢恶作剧。

常识拓展

历史 古希腊的狄俄尼索斯祭奠活动

祭奠葡萄酒之神狄俄尼索斯的活动一般举行约一周的时间。在庆典期间，人们会为狄俄尼索斯献上歌舞活动，春季以悲伤为主题，冬季则以欢乐为主题。值得一提的是，祭祀时献给狄俄尼索斯的这些歌舞活动后来慢慢发展成了古希腊戏剧。

位于雅典的狄俄尼索斯剧场

自然 狄俄尼索斯自己悟出了种植葡萄的方法

据说，葡萄的种植方法和通过压榨葡萄汁酿造葡萄酒的方法是狄俄尼索斯自己领悟出来的。葡萄是一种藤本植物，它需要伸长葡萄藤攀附在其他物体上才能生长。葡萄熟了之后，果实可以直接食用，也可以把它做成果酱、果汁、葡萄酒、葡萄干、果冻等。葡萄被广泛种植于意大利、法国、捷克、美国等地。

成熟的葡萄

希腊神话有意思

奥林匹斯十二主神

工匠之神赫菲斯托斯

[韩]申妍美 编著 [韩]真真 绘 张璟曦 译

中信出版集团 | 北京

图书在版编目（CIP）数据

工匠之神赫菲斯托斯 /（韩）申妍美编著；（韩）真真绘；张璟曦译 . -- 北京：中信出版社，2022.8
（希腊神话有意思 . 奥林匹斯十二主神）
ISBN 978-7-5217-4331-9

Ⅰ . ①工… Ⅱ . ①申… ②真… ③张… Ⅲ . ①儿童故事 - 图画故事 - 韩国 - 现代 Ⅳ . ① I312.685

中国版本图书馆 CIP 数据核字 (2022) 第 073153 号

工匠之神赫菲斯托斯
（希腊神话有意思 · 奥林匹斯十二主神）

编 著 者：［韩］申妍美
绘　　者：［韩］真真
译　　者：张璟曦
出版发行：中信出版集团股份有限公司
（北京市朝阳区惠新东街甲4号富盛大厦2座　邮编　100029）
承 印 者：北京华联印刷有限公司

开　　本：889mm × 1194mm　1/24　印　　张：18　字　　数：504千字
版　　次：2022年8月第1版　印　　次：2022年8月第1次印刷
京权图字：01-2022-1399　书　　号：ISBN 978-7-5217-4331-9
定　　价：109.00元（全12册）

出　　品：中信儿童书店
图书策划：好奇岛
策划编辑：明立庆
责任编辑：袁慧
营销编辑：张远 张琛
封面设计：谢佳静
内文排版：杨兴艳

主要登场人物

赫菲斯托斯

奥林匹斯十二主神之一，是工匠之神。他技术高超，没有什么东西是他造不出来的。

宙斯

奥林匹斯十二主神之首，通常称他为“主神”或“神人之王”。他以雷电为武器，有雄鹰陪伴身旁。

赫拉

奥林匹斯十二主神中至高无上的女神，也是婚姻和家庭之神。她是宙斯的妻子。

狄俄尼索斯

奥林匹斯十二主神之一，是葡萄酒之神。他到处游历，教给人们种植葡萄和酿出甜美葡萄酒的方法。

阿芙洛狄忒

奥林匹斯十二主神之一，她是爱与美的女神。她的金腰带可以让所有人爱上她。

几个关键词读懂 赫菲斯托斯

奥林匹斯十二主神之一，
他是工匠之神。

家庭关系

父亲：宙斯

母亲：赫拉

妻子：阿芙洛狄忒

象征

锤子

铁砧

火钳

神职

工匠之神

火神

他的作品

埃癸斯盾牌

阿波罗和阿耳忒弥斯的弓和箭

阿喀琉斯的甲胄

潘多拉

名字的含义

火

罗马神话中对应的神祇

伏尔甘

工匠之神赫菲斯托斯是宙斯和赫拉的儿子，

但是他没能在奥林匹斯长大。

赫拉嫌弃他跛脚且丑陋，把他逐出了奥林匹斯。

幸好海洋仙女们收养了年幼的赫菲斯托斯。

赫菲斯托斯锻造技艺精湛，再加上独眼巨人的帮助，没有什么东西是他造不出来的。

赫菲斯托斯的铁匠铺就在利姆诺斯岛，里面总是传出锤子叮叮当当敲打的声音。

后来，赫菲斯托斯以他高超的技艺得到了大家的承认，成为“工匠之神”。

赫拉虽然无情地赶走了赫菲斯托斯，

但她一直很关心自己的儿子过得怎么样。

有一天，她看到一位女神脖子上戴着一条项链，就问道：

“好漂亮的项链啊，请问是在哪里得到的？”

“这是利姆诺斯岛的铁匠铺打造的项链。”女神回答道。

赫拉听了非常高兴。

“那位工匠一定就是我的儿子赫菲斯托斯！”

于是，赫拉把赫菲斯托斯重新带回了奥林匹斯。

然而，赫菲斯托斯却依然厌恶把自己赶出去的赫拉。

于是他绞尽脑汁想出了一个捉弄赫拉的方法。

“对，就是它！

我要送给母亲一把金椅子，上面装着看不见的锁链！”

椅子很快就做好了，赫菲斯托斯把椅子送给了赫拉。

赫拉非常高兴，迫不及待地坐在了金椅子上，

没想到她立刻被紧紧捆住了。

赫拉请求赫菲斯托斯放开她，

但是赫菲斯托斯假装没有听到离开了。

于是赫拉叫来了狄俄尼索斯：

“你去找赫菲斯托斯，把锁链的钥匙拿回来。”

狄俄尼索斯找到赫菲斯托斯，

缠着他把钥匙交出来。

但是赫菲斯托斯坚决不给。

狄俄尼索斯又来找赫菲斯托斯，

这次他带来了香甜的葡萄酒。

“赫菲斯托斯，你来喝一口葡萄酒，放松一下心情吧。”

赫菲斯托斯喝了很多葡萄酒，慢慢醉了，

狄俄尼索斯抓住这个机会，连哄带骗，终于拿到了钥匙，

这才把赫拉从金椅子上解救下来。

赫菲斯托斯给赫拉的虽然是一把折磨她的金椅子，

但是他给其他神却打造了不少厉害的装备。

给阿波罗的是弓和箭。

给宙斯的是遭到雷击也完好无损的盾牌，

后来宙斯将这面盾牌送给了雅典娜。

奥林匹斯众神都非常珍视赫菲斯托斯，

也很感谢他。

宙斯非常疼爱赫菲斯托斯。

因为只要是宙斯想要的东西，赫菲斯托斯都能让他如愿。

赫菲斯托斯不仅制造了捆绑普罗米修斯的锁链，还创造了人间的第一个女人潘多拉。

另外，他还加固了宙斯的雷电，这让宙斯非常欣喜。

“赫菲斯托斯，你真是太了不起了！”

有一天，宙斯对奥林匹斯众神宣布：

“我将会让赫菲斯托斯和阿芙洛狄忒结婚。”

赫菲斯托斯给宙斯加固了武器，宙斯想以此赏赐赫菲斯托斯。

众神都吓了一跳，叽叽喳喳议论个不停。

“美神竟然要和这么丑的男人结婚？太不可思议了！”

阿芙洛狄忒听了拔腿就跑。

“我决不和赫菲斯托斯结婚！”

赫菲斯托斯立刻想出了一个能够获取阿芙洛狄忒芳心的方法。

“嗯，我一定要做出一个超级棒的东西送给阿芙洛狄忒。”

从那天开始，赫菲斯托斯就一直在叮叮咣咣打造着什么。

他足足熬了好几夜，终于有一天去见了阿芙洛狄忒。

“这是我为你做的。”

赫菲斯托斯拿出了一条美丽绝伦的腰带。

这就是那条可以让所有人都爱上她的金腰带。

阿芙洛狄忒心花怒放，欣然接受了这份礼物。

“赫菲斯托斯！我愿意嫁给你！”

阿芙洛狄忒终于打开了她的心扉，同意和赫菲斯托斯结婚。

就这样，奥林匹斯众神中最丑的神和最美的神成了夫妻。

众神谱系

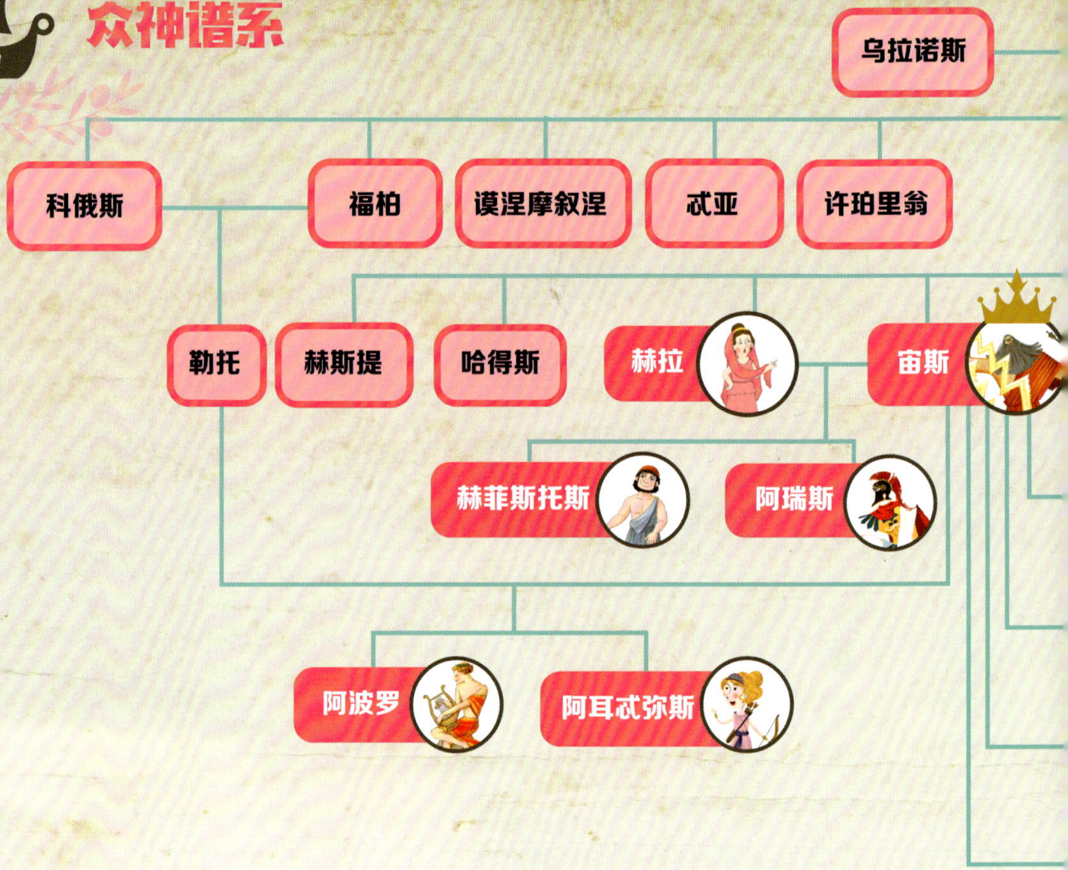

奥林匹斯十二主神

希腊神话中的其他人物

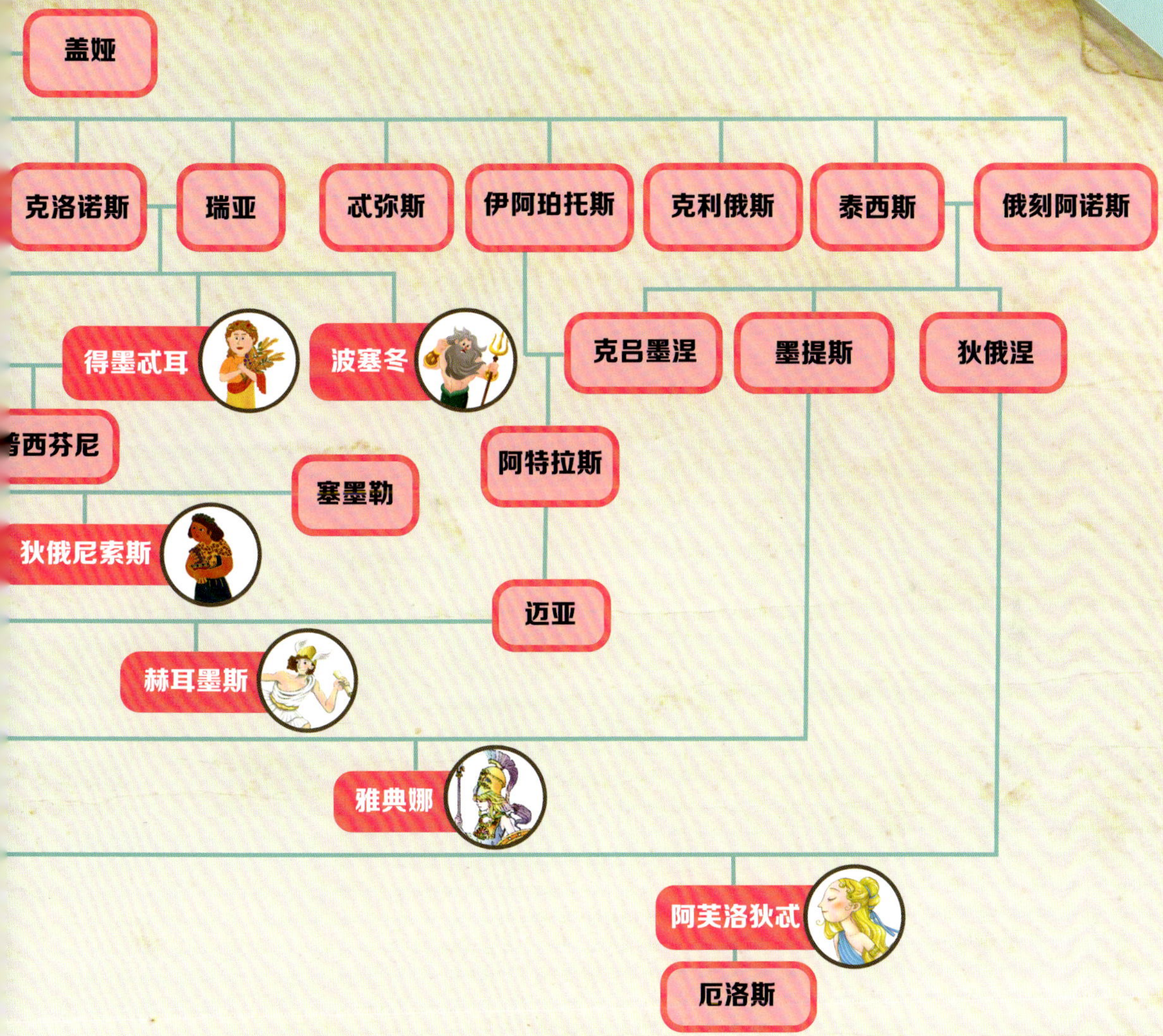
盖娅
克洛诺斯
瑞亚
忒弥斯
伊阿珀托斯
克利俄斯
泰西斯
俄刻阿诺斯
得墨忒耳
波塞冬
克吕墨涅
墨提斯
狄俄涅
阿特拉斯
塞墨勒
狄俄尼索斯
迈亚
赫耳墨斯
雅典娜
阿芙洛狄忒
厄洛斯

阿波罗
阿耳忒弥斯
阿芙洛狄忒
赫耳墨斯
赫菲斯托斯
狄俄尼索斯

神话知识拓展

纪尧姆·库斯图二世《赫菲斯托斯》，藏于法国卢浮宫博物馆

赫菲斯托斯：工匠之神

工匠之神赫菲斯托斯是宙斯和赫拉的儿子。他擅长使用火，没有什么是他制造不出来的，他就这样凭借精湛的手艺成为火与工匠之神。他的妻子是爱与美的女神阿芙洛狄忒。

赫菲斯托斯是一位跛脚的神

关于赫菲斯托斯跛脚的故事有很多种版本。有一种说法是赫菲斯托斯生下来就跛脚。另一种说法是由于他长得太丑陋，还哭个不停，赫拉就把他赶出了奥林匹斯，赫菲斯托斯坠入了大海，把脚摔伤了。除此之外还有一种说法是宙斯和赫拉发生了争吵，赫菲斯托斯帮赫拉说话，于是宙斯就生气地把他扔下了奥林匹斯山，所以他才摔伤了脚。

赫菲斯托斯虽然从小没有得到宙斯和赫拉良好的照顾，但是后来他还是成为众神尊重的一位神，这都得益于他的勤奋和超凡的技艺。

赫菲斯托斯的助手是独眼巨人库克罗普斯

独眼巨人库克罗普斯有三个，他们的眼睛长在额头的正中间，其中的一个巨人做了赫菲斯托斯的助手。

独眼巨人圈养羊群，还擅长锻造。他们在很多神话故事中都出现过。比如，独眼巨人三兄弟曾为宙斯打造雷电武器，后来死在了阿波罗手上，原因是宙斯用雷电杀死了阿波罗的儿子。最有名的独眼巨人波吕斐摩斯在特洛伊战争后被奥德修斯刺瞎了眼睛，从此失明。

赫菲斯托斯制造了各种各样神奇的物品

赫菲斯托斯凭借精湛的技艺，制造了各种各样的物品。例如，宙斯送给雅典娜的盾牌埃癸斯、阿波罗和阿耳忒弥斯用的弓和箭、特洛伊战争中的英雄阿喀琉斯的甲胄等。另外，人间的第一个女人潘多拉也是他用黏土捏出来的，他还给翱翔在天空中的飞马钉上了马掌。他还制作了一种能够自己移动的桌子，这种桌子有三个轮子，可以用来搬运东西。

常识拓展

赫菲斯托斯的铁匠铺在利姆诺斯岛

地理

利姆诺斯岛是位于希腊爱琴海北部的一座火山岛。赫菲斯托斯从奥林匹斯被驱逐出来之后，坠落在利姆诺斯岛，他在这里长大成人。后来传说赫菲斯托斯为了对岛民表示谢意，教给他们精巧的金属锻造工艺。

利姆诺斯岛在金羊毛的故事中也出现过。伊阿宋乘坐阿耳戈号去寻找金羊毛，曾在利姆诺斯岛上短暂地停留，利姆诺斯岛的女王许普西皮勒请他做国王，但是伊阿宋拒绝了，重新踏上了寻找金羊毛的征程。

希腊爱琴海北部的利姆诺斯岛

赫菲斯托斯的神庙在雅典

历史

赫菲斯托斯神庙位于雅典阿果拉广场的山坡上。这是希腊现存的神庙里，保存较为完好的一个，神庙的大部分柱子都还巍然矗立着。这里有关忒修斯的遗迹很多，因此曾经还被误称为忒修斯庙。

赫菲斯托斯神庙

奥林匹斯十二主神

希腊神话有意思

众神使者赫耳墨斯

[韩] 申妍美 编著 [韩] 尹绘童 绘 张璟曦 译

中信出版集团 | 北京

图书在版编目（CIP）数据

众神使者赫耳墨斯 /（韩）申妍美编著；（韩）尹绘童绘；张璟曦译. -- 北京：中信出版社，2022.8
（希腊神话有意思. 奥林匹斯十二主神）
ISBN 978-7-5217-4331-9

Ⅰ. ①众… Ⅱ. ①申… ②尹… ③张… Ⅲ. ①儿童故事 - 图画故事 - 韩国 - 现代 Ⅳ. ① I312.685

中国版本图书馆 CIP 数据核字 (2022) 第 073218 号

众神使者赫耳墨斯
（希腊神话有意思 · 奥林匹斯十二主神）

编 著 者：［韩］申妍美
绘　　者：［韩］尹绘童
译　　者：张璟曦
出版发行：中信出版集团股份有限公司
（北京市朝阳区惠新东街甲4号富盛大厦2座　邮编　100029）
承 印 者：北京华联印刷有限公司

开　　本：889mm × 1194mm　1/24　印　　张：18　字　　数：504千字
版　　次：2022年8月第1版　印　　次：2022年8月第1次印刷
京权图字：01-2022-1399　书　　号：ISBN 978-7-5217-4331-9
定　　价：109.00元（全12册）

出　　品：中信儿童书店
图书策划：好奇岛
策划编辑：明立庆
责任编辑：袁慧
营销编辑：张远 张琛
封面设计：谢佳静
内文排版：杨兴艳

主要登场人物

赫耳墨斯

奥林匹斯十二主神之一，是众神的使者。他的帽子和鞋子上都带有翅膀，可以随意出入人间和冥府。

阿波罗

奥林匹斯十二主神之一，是预言、音乐、弓箭、医药之神。他擅长演奏里拉琴，还擅长使用弓箭。

宙斯

奥林匹斯十二主神之首，通常称他为“主神”或“神人之王”。他以雷电为武器，有雄鹰陪伴身旁。

几个关键词读懂 赫耳墨斯

奥林匹斯十二主神之一，

他是众神的使者。

家庭关系

父亲：宙斯

象征

翼帽

插翼飞鞋

商神权杖

神职

众神的使者

商业之神

旅者之神

小偷之神

帮助过的英雄

珀尔修斯

赫拉克勒斯

奥德修斯

名字的含义

石堆

对应天体

水星

罗马神话中对应的神祇

墨丘利

赫耳墨斯是奥林匹斯十二主神中最忙碌的一位。

他头戴翼帽，脚穿插翼飞鞋，忙碌地奔走于各个地方。

他的这身帅气的装扮是宙斯赠予他的礼物，

宙斯为什么送给赫耳墨斯这么棒的礼物呢？

赫耳墨斯从出生那天开始，就非常聪明，行动敏捷。

拂晓时分，他出生在一个山洞里，天一亮他就迫不及待地走出了山洞。

他在周围四处走动，发现了牧场里的牛。

赫耳墨斯立刻起了贪念：

“这些牛要是我的就好了！”

别忘了，赫耳墨斯可是狡猾的小偷之神，他立刻就想出了一个坏主意。

“没错！我让牛穿上前后大小一样的鞋子，在牛尾巴上绑上扫帚，就不会有人发现了。牛一边走，牛尾巴一边扫去蹄印，牧童根本不可能知道牛的去向。”

天色一暗，赫耳墨斯就迅速开始行动。

他给牛穿上了特制的鞋子，在它们的尾巴上绑上了扫帚。

然后在牧童回来之前，赶着五十头牛飞快地逃走了。

赫耳墨斯把偷来的牛藏在库勒涅山的一个山洞里，还选出两头壮实的牛作为祭品献给了众神。

“啊哈……好困。该睡觉了。”

赫耳墨斯打了个哈欠，回到自己的山洞里进入了梦乡。

第二天，赫耳墨斯又急匆匆出了山洞。

一走出山洞就看到了一只乌龟，他拿着乌龟左看看、右看看，突然想出了一个绝妙的好主意。

“就这么办！我要用这只乌龟的壳做一种乐器。”

赫耳墨斯制作的这种乐器就是里拉琴。

这时，看管牧场的牧童阿波罗发现牧场里的牛都不见了。

“不是吧，这些牛都去哪儿了？”

阿波罗四处查看地上有没有留下牛蹄印，
但是找了半天只有扫帚扫过的痕迹，
好不容易发现了零星的几个牛蹄印，但它们前后大小完全一样，
根本没有办法判断牛群到底往哪个方向去了。

阿波罗怎么肯就这样轻易放弃呢！

他到处向人们打听：“昨晚的时候，您有没有见到过赶着牛群的人？”

“我看到有一个赶着牛群的小孩子，不过去了哪里我就不知道了。”有人回答道。

阿波罗通过占卜得知了牛的去向，于是沿路寻找，找到了赫耳墨斯。

“赫耳墨斯！是不是你偷走了我的牛？”阿波罗质问道。

赫耳墨斯听了，厚着脸皮装作什么都不知道：“我并不知道您的牛去了哪里。您想想看啊，我小小年纪怎么可能把牛偷走呢？”

不过阿波罗根本不相信他说的话，于是去向宙斯求助。

“赫耳墨斯，快把牛还给阿波罗吧！”宙斯劝道。

虽然如此，赫耳墨斯还是一口咬定自己不知情。

阿波罗听了火冒三丈。

“赫耳墨斯，如果你不立刻把我的牛交出来，我一定严惩你！”

看到阿波罗愤怒大喊的样子，赫耳墨斯暗自害怕了起来。

“伟大的阿波罗，请您听我用里拉琴弹上一曲，以此来消去您的怒火吧。”

于是赫耳墨斯弹起了里拉琴，阿波罗一下子就被美妙的琴声迷住了。

阿波罗的怒气终于平息了。

赫耳墨斯一边察言观色，一边小心翼翼地对阿波罗说：

“这是我用乌龟壳做的里拉琴，我用这把琴和您的牛群交换，怎么样？”

阿波罗点点头，他还没有从里拉琴美妙的声音中回过神来。

就这样，商业之神赫耳墨斯成功完成了他的第一笔交易。

宙斯对机智敏捷的赫耳墨斯非常中意。

“赫耳墨斯，以后你就做我的传令使者吧，负责把我的意思传递到世界的各个角落！”

接下来，宙斯将翼帽和插翼飞鞋送给了赫耳墨斯。

就这样，赫耳墨斯成为众神的使者。

从此以后，赫耳墨斯像风一样奔走于各个地方，传递着消息，不管是神与凡人之间，还是人间和冥界。

他还常常将死去的灵魂护送到冥界。

现在大家可以理解，为什么说赫耳墨斯是奥林匹斯十二主神中最繁忙的了吧。

众神谱系

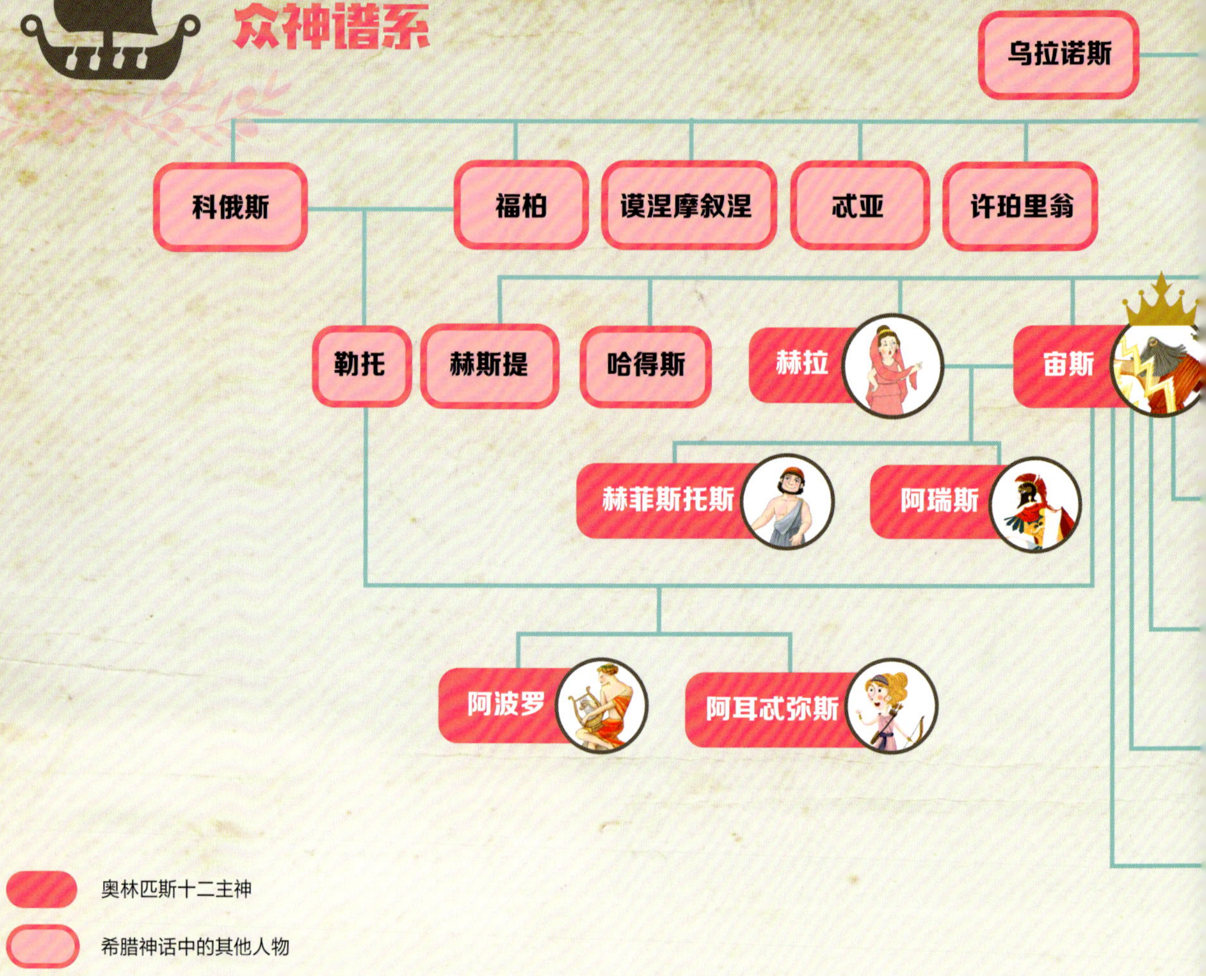

乌拉诺斯
科俄斯
福柏
谟涅摩叙涅
忒亚
许珀里翁
勒托
赫斯提
哈得斯
赫拉
宙斯
赫菲斯托斯
阿瑞斯
阿波罗
阿耳忒弥斯
奥林匹斯十二主神
希腊神话中的其他人物

宙斯
赫拉
波塞冬
得墨忒耳
雅典娜
阿瑞斯

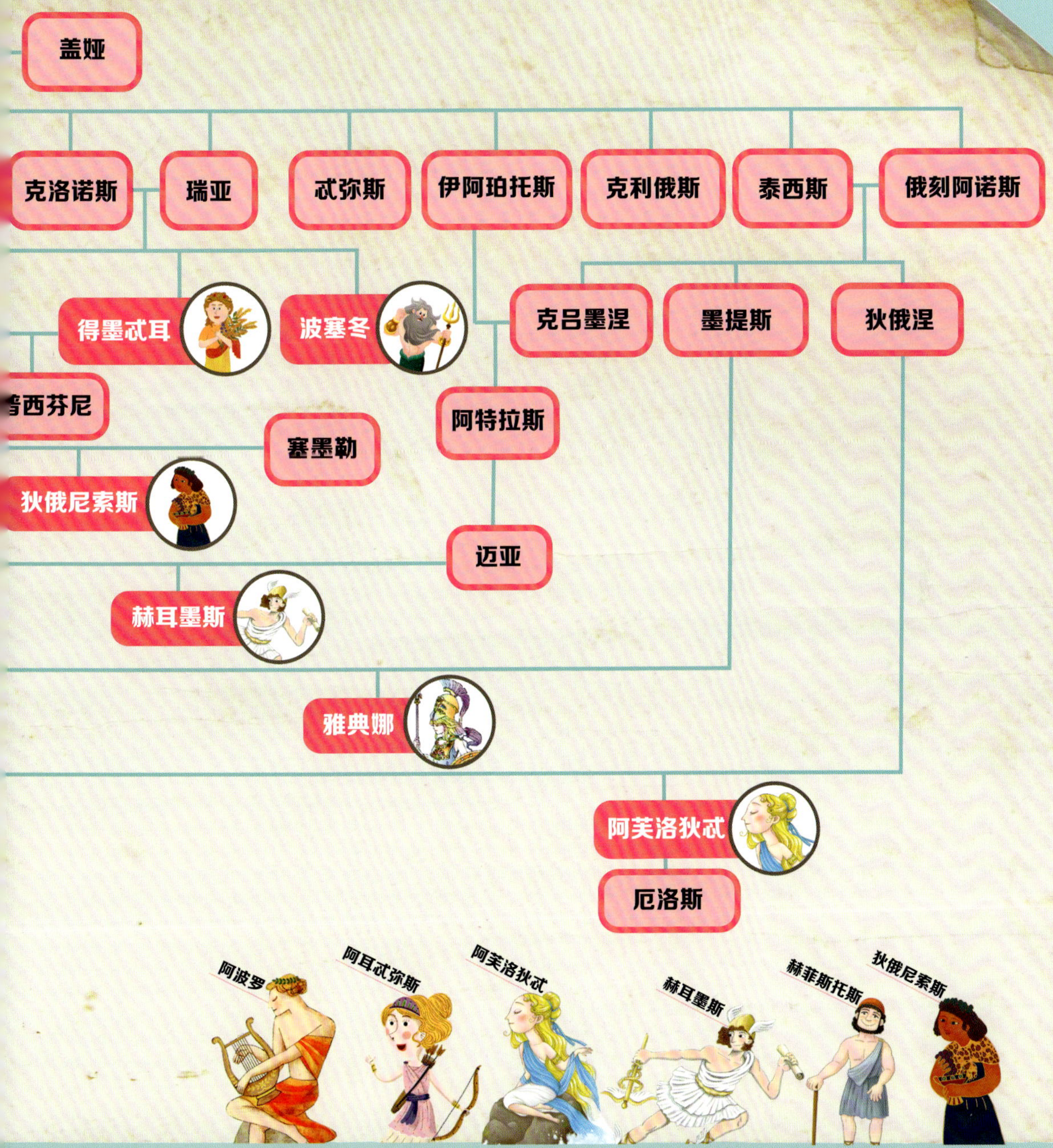

盖娅
克洛诺斯
瑞亚
忒弥斯
伊阿珀托斯
克利俄斯
泰西斯
俄刻阿诺斯
得墨忒耳
波塞冬
克吕墨涅
墨提斯
狄俄涅
西芬尼
塞墨勒
阿特拉斯
狄俄尼索斯
迈亚
赫耳墨斯
雅典娜
阿芙洛狄忒
厄洛斯
阿波罗
阿耳忒弥斯
阿芙洛狄忒
赫耳墨斯
赫菲斯托斯
狄俄尼索斯

神话知识拓展

赫耳墨斯：众神的使者

赫耳墨斯是宙斯的儿子，负责为宙斯传递消息。另外他还是商业之神和小偷之神。他的帽子和鞋子上都带有翅膀，可以随意出入人间和冥府。

赫耳墨斯铜像

赫耳墨斯被称为“亡灵的接引神”

没有什么地方是赫耳墨斯不能出入的，他经常光顾哈得斯的冥府。他帮助死去的灵魂到达冥界，曾经到冥府向哈得斯传递宙斯的命令——将普西芬尼送还给得墨忒耳，还帮助赫拉克勒斯去狩猎地狱三头犬刻耳柏洛斯。俄耳甫斯由于违背哈得斯的叮嘱，在走出冥界之前回头看了他的妻子欧律狄刻，所以欧律狄刻不得不返回冥界，这时也是赫耳墨斯把她引导回哈得斯身边的。

赫耳墨斯解救伊娥

宙斯担心赫拉嫉妒，将伊娥变成了母牛。赫拉让长着一百只眼睛的阿勾斯看着伊娥，宙斯把赫耳墨斯叫来，让他去把伊娥救出来。赫耳墨斯想出了一条妙计，最后终于杀了阿勾斯，成功救出了伊娥。

传说中牧神潘是赫耳墨斯的儿子

潘有着人一样的头和身躯，但长着山羊腿和角，据说他是赫耳墨斯和山林水泽仙女的儿子。母亲生下他之后，被他的模样惊吓到，于是抛弃了他。不过，赫耳墨斯把潘带到了奥林匹斯，向其他神炫耀自己的儿子，众神也都很喜欢他。

常识拓展

赫耳墨斯的权杖是从阿波罗那里获得的

社会

赫耳墨斯的权杖上有两条缠绕的蛇，这根权杖被称为“商神权仗”，据说是赫耳墨斯送给阿波罗里拉琴之后作为交换获得的。医神阿斯克勒庇俄斯也持有一根相似的权杖，但是阿斯克勒庇俄斯的权杖上没有翅膀，并且只有一条蛇盘绕在上面。阿斯克勒庇俄斯的权杖图案现在被用在世界卫生组织的会徽中。

世界卫生组织的会徽

水星也叫墨丘利

科学

水星是太阳系中公转速度最快的行星，它也叫墨丘利（来源于步伐敏捷的赫耳墨斯在罗马神话中的名字）。这让我们想到了赫耳墨斯作为传令的使者，迅速地往返于人间、冥界和神界之间。另外，金属水银也叫墨丘利。

水星

奥林匹斯十二主神

爱神阿芙洛狄忒

希腊神话有意思

[韩] 小不点 编著　[韩] 金贤贞 绘　张璟曦 译

中信出版集团 | 北京

图书在版编目（CIP）数据

爱神阿芙洛狄忒 /（韩）小不点编著；（韩）金贤贞绘；张璟曦译．-- 北京：中信出版社，2022.8
（希腊神话有意思．奥林匹斯十二主神）
ISBN 978-7-5217-4331-9

Ⅰ．①爱… Ⅱ．①小… ②金… ③张… Ⅲ．①儿童故事－图画故事－韩国－现代 Ⅳ．① I312.685

中国版本图书馆 CIP 数据核字 (2022) 第 073219 号

爱神阿芙洛狄忒
（希腊神话有意思 · 奥林匹斯十二主神）

编 著 者：[韩] 小不点
绘　　者：[韩] 金贤贞
译　　者：张璟曦
出版发行：中信出版集团股份有限公司
（北京市朝阳区惠新东街甲4号富盛大厦2座　邮编　100029）
承 印 者：北京华联印刷有限公司

开　　本：889mm × 1194mm　1/24　印　　张：18　字　　数：504千字
版　　次：2022年8月第1版　印　　次：2022年8月第1次印刷
京权图字：01-2022-1399　书　　号：ISBN 978-7-5217-4331-9
定　　价：109.00元（全12册）

出　　品：中信儿童书店
图书策划：好奇岛
策划编辑：明立庆
责任编辑：袁慧
营销编辑：张远 张琛
封面设计：谢佳静
内文排版：杨兴艳

主要登场人物

阿芙洛狄忒

奥林匹斯十二主神之一，她是爱与美的女神。她的金腰带可以让所有人爱上她。

厄洛斯

他是女神阿芙洛狄忒的儿子，是小爱神。他的形象是一个小男孩，手拿弓箭，非常调皮。

阿多尼斯

他是个喜爱打猎的青年，阿芙洛狄忒爱上了他。后来他在狩猎野猪时丧生。

几个关键词读懂 阿芙洛狄忒

奥林匹斯十二主神之一，
她是爱与美的女神。

家庭关系

丈夫：赫菲斯托斯
儿子：厄洛斯

象征

金腰带
大海的泡沫
天鹅
银莲花
玫瑰

神职

美神
爱神

对应天体

金星

名字的含义

从大海的泡沫里
诞生的女人

罗马神话中对应的神祇

维纳斯

阿芙洛狄忒是女神中最美貌的一位。

传说，她诞生在大海的泡沫中，她的名字意为“从大海的泡沫里诞生的女人”。

出生后，有季节女神荷莱依为她梳洗打扮。

后来阿芙洛狄忒来到奥林匹斯，成为爱与美的女神。

工匠之神赫菲斯托斯给阿芙洛狄忒打造了一条特别的腰带。

“啊！有了这条腰带，我就可以得到所有人的爱了！”

只要阿芙洛狄忒系着这条腰带出现，所有人都会为她倾心。

对此，很多女神都非常羡慕。

谁能想到，被所有人喜爱的阿芙洛狄忒也曾为爱痛苦过。

这都是儿子厄洛斯一手造成的。

如果被小爱神厄洛斯的金箭射中的话，就会和第一眼见到的那个人坠入爱河。

喜欢恶作剧的厄洛斯经常乱点鸳鸯谱，让神和凡人之间产生爱情，谁都拦不住他。

有一天，阿芙洛狄忒正和厄洛斯一起愉快地玩耍。

厄洛斯拿着弓箭到处瞄准。

“嗯，让我看看，谁将是今天的‘幸运儿’呢？”

正当厄洛斯纠结把箭射给谁的时候，
没想到一不小心把箭射到了阿芙洛狄忒身上。
这可怎么办才好呢？

阿芙洛狄忒的伤口很深。

“看来我得独自去塞浦路斯岛养伤了。”

阿芙洛狄忒决定去塞浦路斯岛休息一段时间，
直到伤口愈合，
但实际上她是想避开中箭后的命运。
毕竟她比谁都清楚中了厄洛斯之箭后将会发生什么。
阿芙洛狄忒赶紧乘上了天鹅神车飞往塞浦路斯岛。

然而，阿芙洛狄忒没能躲过厄洛斯之箭的命运。

她正好看到来打猎的阿多尼斯。

阿多尼斯是个喜爱打猎的勇敢的青年，

阿芙洛狄忒瞬间就爱上了他。

在那之后，阿芙洛狄忒就紧紧伴随在阿多尼斯身旁，

完全想不起来自己要去塞浦路斯岛的事情了。

比起和阿芙洛狄忒一起玩，阿多尼斯更喜欢去打猎。

“阿多尼斯，打猎太危险了，还是和我一起去散步吧！”

但是不管阿芙洛狄忒怎么劝阻，阿多尼斯都坚持每天去打猎。

无奈之下，阿芙洛狄忒只能穿成狩猎女神阿耳忒弥斯的样子，

和阿多尼斯一起去打猎。

她一直提心吊胆，生怕阿多尼斯受伤。

有一天，阿芙洛狄忒有事要去一趟塞浦路斯岛。

临走前她还是不放心，再三叮嘱阿多尼斯：

“我亲爱的阿多尼斯，
像兔子这样性情温顺的小动物还好，
像野猪那样凶猛的动物一定要避开！”

说完，阿芙洛狄忒就驾着天鹅神车飞走了。

勇敢的猎人阿多尼斯怎么可能乖乖听话呢？

他反而到处去寻觅那些凶狠的大型动物作为捕猎的目标。

后来他在田野上遇到一头大野猪。

“哈哈，太好了！看我今天怎么把你抓回家去！”

阿多尼斯拿着长矛朝着野猪一通乱扔，

野猪立刻被激怒了，向他冲了过来。

“啊！”

阿多尼斯惨叫一声后晕倒了。

阿多尼斯的叫声随着风传到了阿芙洛狄忒的耳朵里。

"啊！这是阿多尼斯的惨叫声！"

阿芙洛狄忒急忙掉转天鹅神车飞向阿多尼斯。

"阿多尼斯，求你睁开眼睛吧！"

她难过地流着眼泪说。

但是无论她怎么祈求都无济于事，阿多尼斯还是死了。

阿芙洛狄忒向命运女神诉说了一切。

“命运女神啊，我一定不会让你们得逞的。

阿多尼斯流的血会变成花朵绽放，
他将永远珍藏在我的心中。”

阿芙洛狄忒在阿多尼斯的鲜血里洒了众神喝的仙酒，

于是血液里立刻咕嘟咕嘟地起了泡沫，开出了红色的花。

不过，让人遗憾的是，阿多尼斯血液里开出的红色花很快就凋谢了。

这种花的花瓣会随风而绽开，等到再次刮风时，它又会随风而凋零。

因此，人们都叫这种花“风花”，也就是“银莲花”。

众神谱系

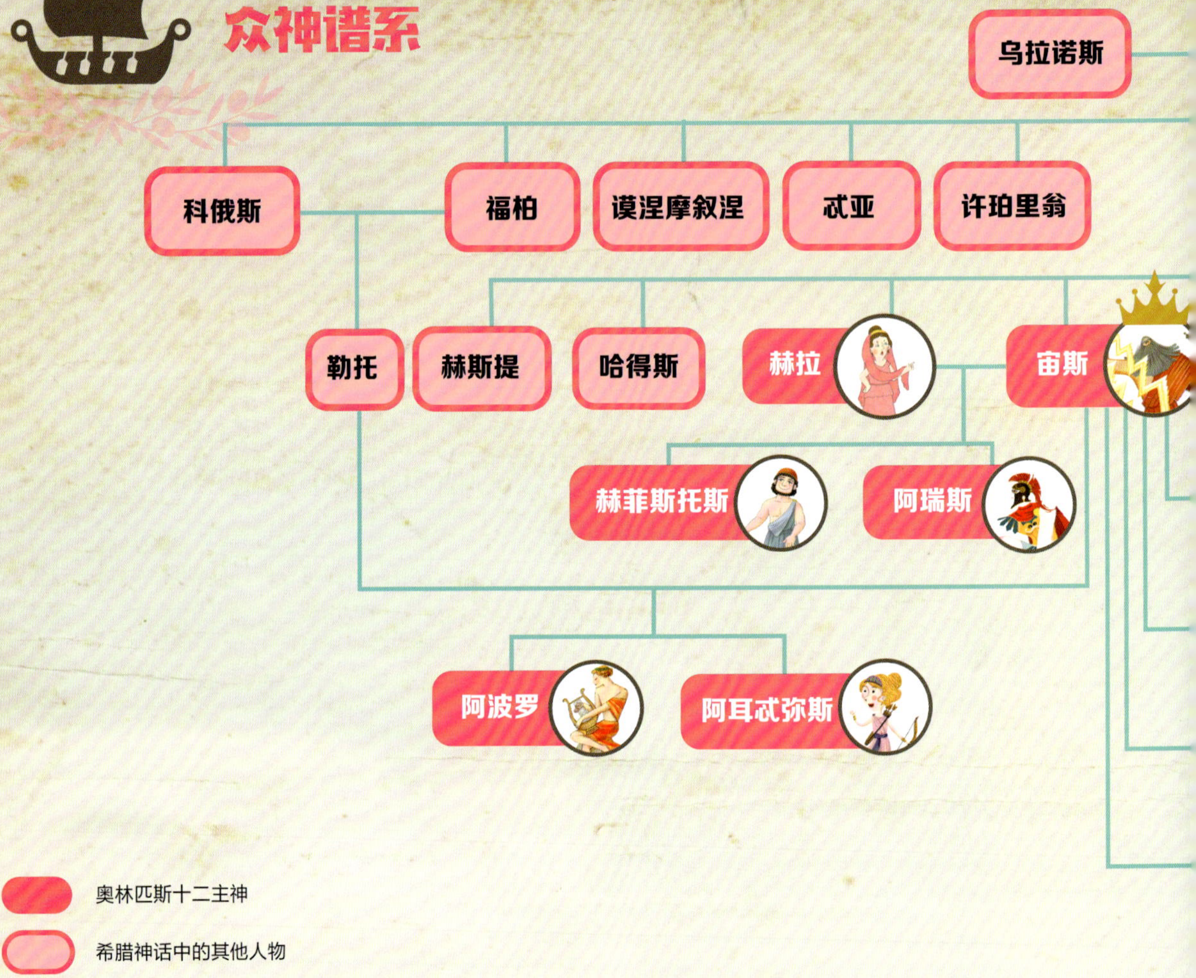

乌拉诺斯
科俄斯
福柏
谟涅摩叙涅
忒亚
许珀里翁
勒托
赫斯提
哈得斯
赫拉
宙斯
赫菲斯托斯
阿瑞斯
阿波罗
阿耳忒弥斯
奥林匹斯十二主神
希腊神话中的其他人物

宙斯
赫拉
波塞冬
得墨忒耳
雅典娜
阿瑞斯

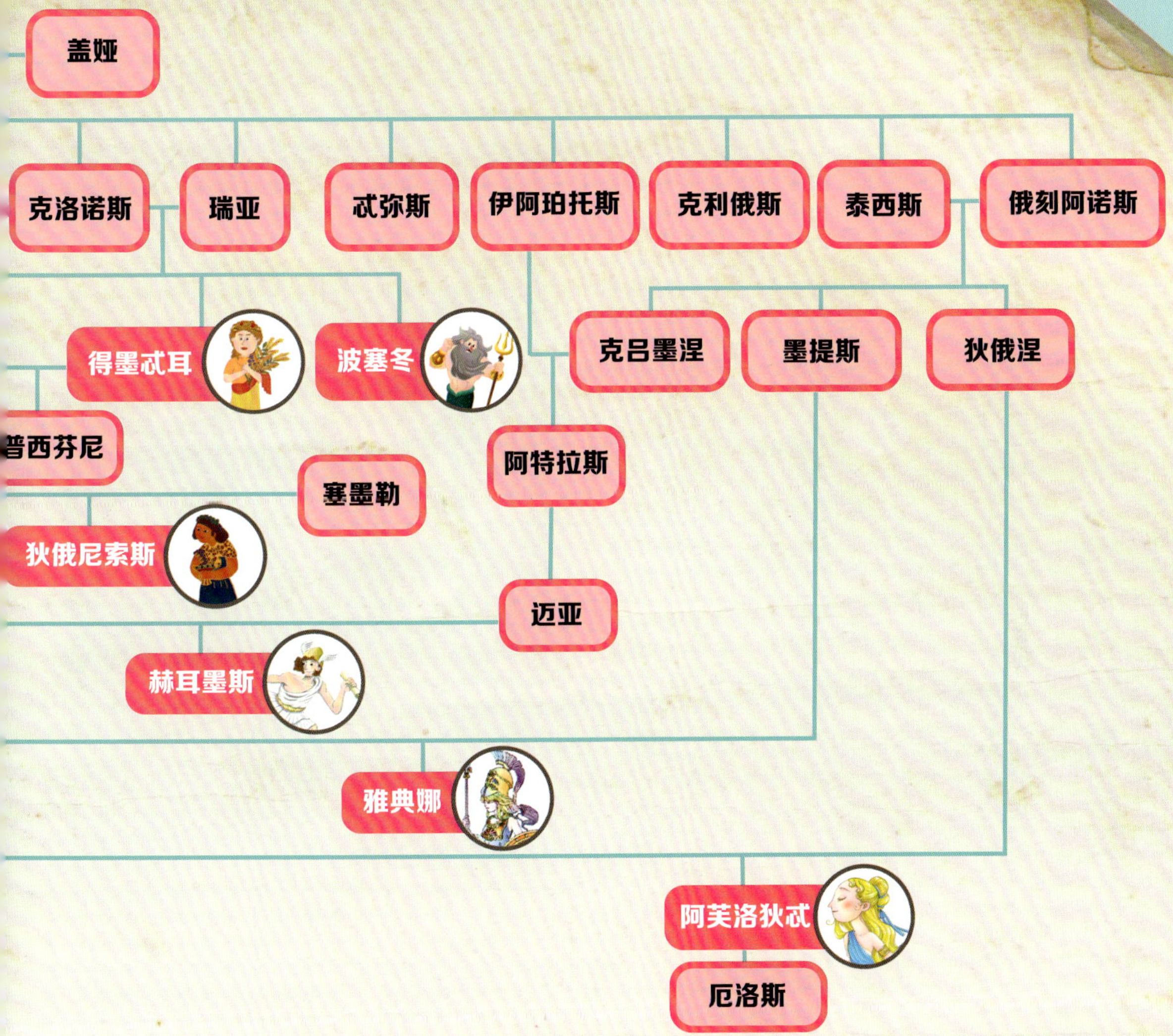
盖娅
克洛诺斯
瑞亚
忒弥斯
伊阿珀托斯
克利俄斯
泰西斯
俄刻阿诺斯
得墨忒耳
波塞冬
克吕墨涅
墨提斯
狄俄涅
普西芬尼
阿特拉斯
塞墨勒
狄俄尼索斯
迈亚
赫耳墨斯
雅典娜
阿芙洛狄忒
厄洛斯

阿波罗
阿耳忒弥斯
阿芙洛狄忒
赫耳墨斯
赫菲斯托斯
狄俄尼索斯

神话知识拓展

阿芙洛狄忒：爱与美的女神

阿芙洛狄忒是最美丽的女神，她的儿子厄洛斯和她一样都是爱神。阿芙洛狄忒有一个更为大众熟知的名字“维纳斯”。

提香 · 韦切利奥《维纳斯和阿多尼斯》，藏于西班牙马德里普拉多博物馆

阿芙洛狄忒在阿多尼斯血液里洒的是一种叫作“Nectar”的仙酒

希腊神话中的众神不仅喝这种叫作“Nectar”（意为“众神的饮料”）的仙酒，还吃一种叫作“Ambrosia”（意为“众神的食物”）的仙果。传说，如果凡人食用了仙酒和仙果，就可以长生不死。因此，神的饮料和食物对凡人是禁品。不过吕底亚的国王坦塔罗斯曾经偷窃过神的饮食。坦塔罗斯曾被邀请和众神一起用餐，他偷窃仙酒和仙果被众神发现，后来被打入冥界，备受干渴和饥饿之苦。

为了得到金苹果，阿芙洛狄忒曾与赫拉和雅典娜展开争夺

海洋仙女忒提斯婚礼那天，不和女神厄里斯没有接到邀请，她愤怒地出现在会场，把金苹果扔在了客人们中间。金苹果上面写着“致最美丽的女神”，于是阿芙洛狄忒、赫拉和雅典娜三位女神为此争执不下。宙斯让特洛伊王子帕里斯来做评判。三位女神为了得到金苹果分别开出诱人的条件。赫拉承诺给他权力和财富，雅典娜承诺给他智慧和名誉，阿芙洛狄忒承诺给他最美的妻子。最后，帕里斯决定把金苹果给阿芙洛狄忒，于是阿芙洛狄忒成为最美丽的女神。

杀死阿多尼斯的野猪是阿瑞斯变的

战神阿瑞斯和阿芙洛狄忒曾是恋人。但是自从阿芙洛狄忒爱上阿多尼斯之后，眼里只有阿多尼斯，这让阿瑞斯非常生气。所以，趁阿芙洛狄忒不在阿多尼斯身边的时候，阿瑞斯变成野猪杀死了阿多尼斯。

保罗·委罗内塞《马尔斯和维纳斯》，藏于美国纽约大都会艺术博物馆

常识拓展

银莲花

银莲花的花语有等待、无法实现的爱情、爱情的痛苦、期待等。这种花表达了阿芙洛狄忒悲痛的心情。银莲花多是3-5月开放的春花，花的颜色有很多，除了红色，还有白色、紫色和蓝色。

在田野里盛开的银莲花

阿芙洛狄忒经常出现在各种艺术作品中

从很久以前开始，很多艺术家就将阿芙洛狄忒美丽的形象融入自己的作品之中。作品名字里经常出现的“维纳斯”指的就是阿芙洛狄忒。

代表性的作品有桑德罗·波提切利的《维纳斯的诞生》、弗朗西斯科·普里马蒂乔的《克尼多斯的维纳斯》、安东尼·柯塞沃克的《蹲着的维纳斯》，另外还有《米洛斯的维纳斯》和《美第奇的维纳斯》等。

安东尼·柯塞沃克《蹲着的维纳斯》，藏于法国卢浮宫博物馆

《米洛斯的维纳斯》，藏于法国卢浮宫博物馆

奥林匹斯十二主神

狩猎女神阿耳忒弥斯

希腊神话有意思

[韩]金秀喜 编著 [韩]朴水晶 绘 张璟曦 译

中信出版集团 | 北京

图书在版编目（CIP）数据

狩猎女神阿耳忒弥斯 /（韩）金秀喜编著；（韩）朴水晶绘；张璟曦译 . -- 北京：中信出版社，2022.8
（希腊神话有意思 . 奥林匹斯十二主神）
ISBN 978-7-5217-4331-9

Ⅰ . ①狩… Ⅱ . ①金… ②朴… ③张… Ⅲ . ①儿童故事 - 图画故事 - 韩国 - 现代 Ⅳ . ① I312.685

中国版本图书馆 CIP 数据核字 (2022) 第 073213 号

狩猎女神阿耳忒弥斯
（希腊神话有意思 · 奥林匹斯十二主神）

编 著 者：［韩］金秀喜
绘　　者：［韩］朴水晶
译　　者：张璟曦
出版发行：中信出版集团股份有限公司
（北京市朝阳区惠新东街甲4号富盛大厦2座　邮编　100029）
承 印 者：北京华联印刷有限公司

开　　本：889mm × 1194mm　1/24　　印　　张：18　　字　　数：504千字
版　　次：2022年8月第1版　　印　　次：2022年8月第1次印刷
京权图字：01-2022-1399　　书　　号：ISBN 978-7-5217-4331-9
定　　价：109.00元（全12册）

出　　品：中信儿童书店
图书策划：好奇岛
策划编辑：明立庆
责任编辑：曹威
营销编辑：张远 张琛
封面设计：谢佳静
内文排版：杨兴艳

主要登场人物

阿耳忒弥斯

奥林匹斯十二主神之一，是狩猎和纯洁女神。她一生都保持童贞，以狩猎为乐。

希波吕托斯

雅典国王忒修斯的儿子，在继母淮德拉的陷害下，被父亲诅咒而死，后来被阿斯克勒庇俄斯复活。

阿洛伊代

一对巨人兄弟，他们曾向神挑战，后来惹怒了阿耳忒弥斯，在打猎时两兄弟被对方投出的长矛刺中而死。

阿克特翁

他是忒拜王族，在打猎时无意中看到了阿耳忒弥斯的裸体，愤怒的女神诅咒了他，把他变成了一头鹿。最后阿克特翁被自己驯养的猎犬撕咬而死。

几个关键词读懂阿耳忒弥斯

奥林匹斯十二主神之一，
她是狩猎女神。

家庭关系

父亲：宙斯
双胞胎弟弟：阿波罗

象征

弓和箭
月亮
鹿
熊

神职

狩猎女神
纯洁女神
月亮女神

曾经惩罚过的人

阿洛伊代两兄弟
阿克特翁
尼俄柏

名字的含义

健康
杀戮
熊

罗马神话中对应的神祇

狄安娜

阿耳忒弥斯是宙斯的女儿，是阿波罗的双胞胎姐姐。

她是狩猎女神，也是纯洁女神。

她一生都保持着童贞，在森林里过着自由的打猎生活。

阿耳忒弥斯发誓保持贞洁，真诚地对待跟随她的所有人。

雅典国王忒修斯的儿子希波吕托斯一心拥护和跟随阿耳忒弥斯。

阿耳忒弥斯也非常疼爱他，经常带着他一起去打猎。

因为希波吕托斯只崇拜阿耳忒弥斯，
阿芙洛狄忒非常不满意。

她打算折磨一下他，于是就把厄洛斯找来帮忙。

“厄洛斯，你去把爱情之箭射向希波吕托斯的继母淮德拉。”

被爱情之箭射中的淮德拉王后深深地爱上了希波吕托斯。

她去和希波吕托斯表白，

却遭到了拒绝。

“希波吕托斯，你竟敢拒绝我的爱！我绝不会原谅你！”

淮德拉王后留下一封遗书后，就结束了自己的生命。

“忒修斯陛下，希波吕托斯对我图谋不轨。”

忒修斯国王轻信了王后留下的这封信，

他开始诅咒希波吕托斯并向波塞冬祈祷：

“伟大的海神波塞冬啊，请帮我降罚于希波吕托斯吧！”

不久之后，忒修斯的愿望就实现了。

那时，希波吕托斯正乘着马车在海边驰骋，

突然出现了一头可怕的大公牛，

惊吓到了希波吕托斯的马，

希波吕托斯从马车上坠落下来，摔死了。

阿耳忒弥斯对希波吕托斯的死感到非常难过，
她把全部真相都告诉了忒修斯。

“怎么会这样！
我真是太愚蠢了，竟然害死了自己的宝贝儿子！”

忒修斯吧嗒吧嗒地掉着眼泪，对自己的行为后悔不已。
阿耳忒弥斯觉得希波吕托斯死得可怜，实在不忍心就这样眼看着他去冥界。
于是，她带着希波吕托斯去医神阿斯克勒庇俄斯那里求助。
“这是我非常疼爱的一个人，请你一定要帮我救活他。”
阿斯克勒庇俄斯使用了一种特殊的草药，使希波吕托斯死而复生。

阿耳忒弥斯对跟随者关爱有加，
但是对那些蔑视自己的人，她表现得极为残忍。

讲到那些冒犯阿耳忒弥斯的人，
就不得不提到巨人双胞胎兄弟阿洛伊代。

“哈哈，咱兄弟俩要不走一趟奥林匹斯山，
把赫拉女神和阿耳忒弥斯女神都娶来做老婆啊？”
阿洛伊代两兄弟不仅经常口出狂言蔑视奥林匹斯众神，
还经常刁难老百姓。
阿耳忒弥斯实在忍无可忍，就决定惩罚一下这对兄弟。

有一天，阿洛伊代两兄弟去打猎，
他们面前出现了一头美丽的野鹿。
阿洛伊代两兄弟都想捕到这头鹿，
于是争先恐后地投掷长矛，想要抓到它。

但是没想到这头鹿逃得飞快，

投向它的长矛反而刺向了两兄弟。

就这样，阿洛伊代两兄弟最后死在了对方手里。

这头鹿其实就是为了惩罚阿洛伊代的阿耳忒弥斯变的。

除此之外，还发生过一件事。

在一个炎热的夏天，阿耳忒弥斯和仙女们一起来到山谷中的山洞里，那里的清泉汇成了一汪池塘。

“好热啊。我们到池塘里凉快一下吧。”

于是，阿耳忒弥斯脱下衣服，踏入了池塘。

这时，忒拜王族阿克特翁来山谷里打猎，正好从山洞外经过。

阿克特翁因口渴想要找水喝，就走进了山洞。

就在这时，阿耳忒弥斯刚好沐浴完，准备走出池塘，

这一幕恰巧被阿克特翁意外看到了。

“竟敢看我的裸体！我绝不能原谅你！”

阿耳忒弥斯气愤地说。

阿耳忒弥斯话音刚落，
阿克特翁的身体就开始发生变化。
他的头上长出了尖尖的鹿角，
脖子和腿也被拉得修长。

阿克特翁变成了一头鹿，他被自己驯养的猎犬穷追不舍，最后断了气。

直到亲眼看到阿克特翁惨死于猎犬的撕咬之下，阿耳忒弥斯才平息了心中的怒火。

阿耳忒弥斯对不讲理的小孩子也很严格。

有一次她送给了人们一头她非常喜爱的熊。

人们都认为这是一只神圣的熊，精心照料着它。

但是有一天，在和小孩子一起玩耍的时候，熊把一个经常欺负它的小女孩抓伤了。

小女孩的几个哥哥一怒之下把熊杀死了。

从那天起，家家户户的孩子都因患病而卧床不起。

人们恳切地祷告：“对不起，我们没有保护好您送来的熊！”

于是神谕传达了下来：“把女孩子都送到阿耳忒弥斯女神的神庙去吧。”

然后，女孩子都被送到了阿耳忒弥斯神庙，供奉阿耳忒弥斯，接受神的教育。

她们身穿棕熊毛色的衣服，在田野上跳跃、舞蹈。

她们奔跑的样子像极了狩猎女神阿耳忒弥斯。

众神谱系

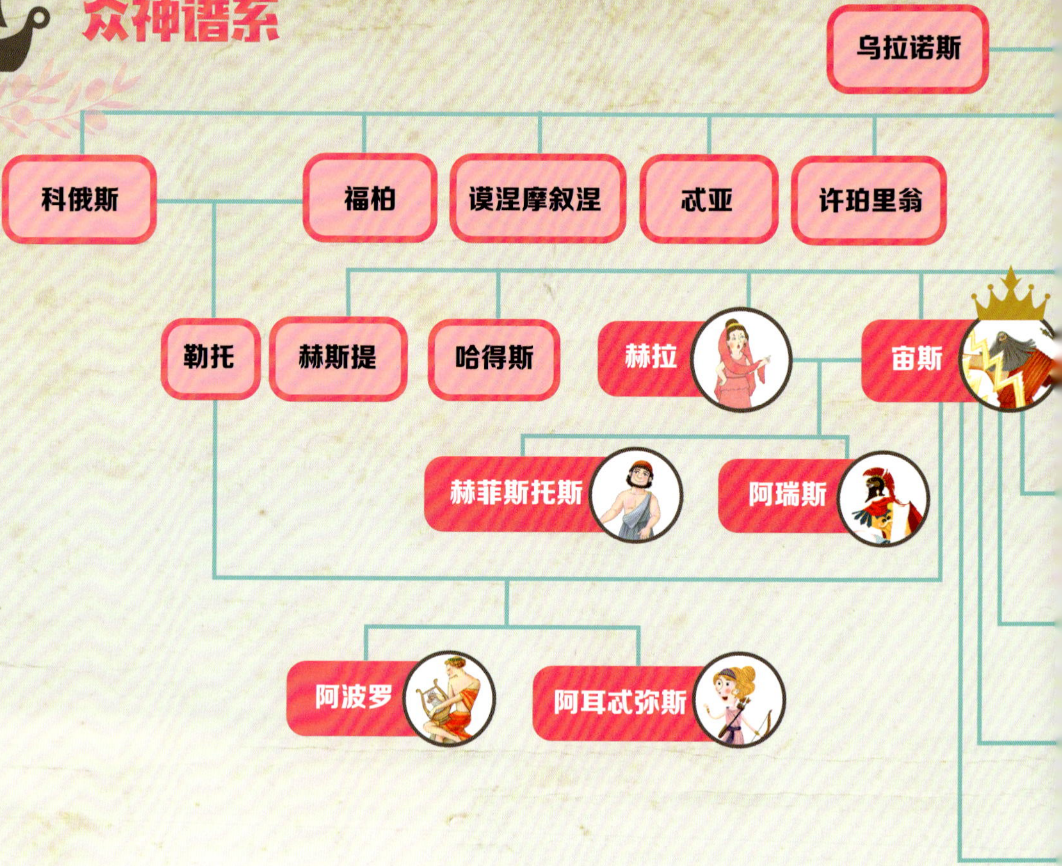

奥林匹斯十二主神

希腊神话中的其他人物

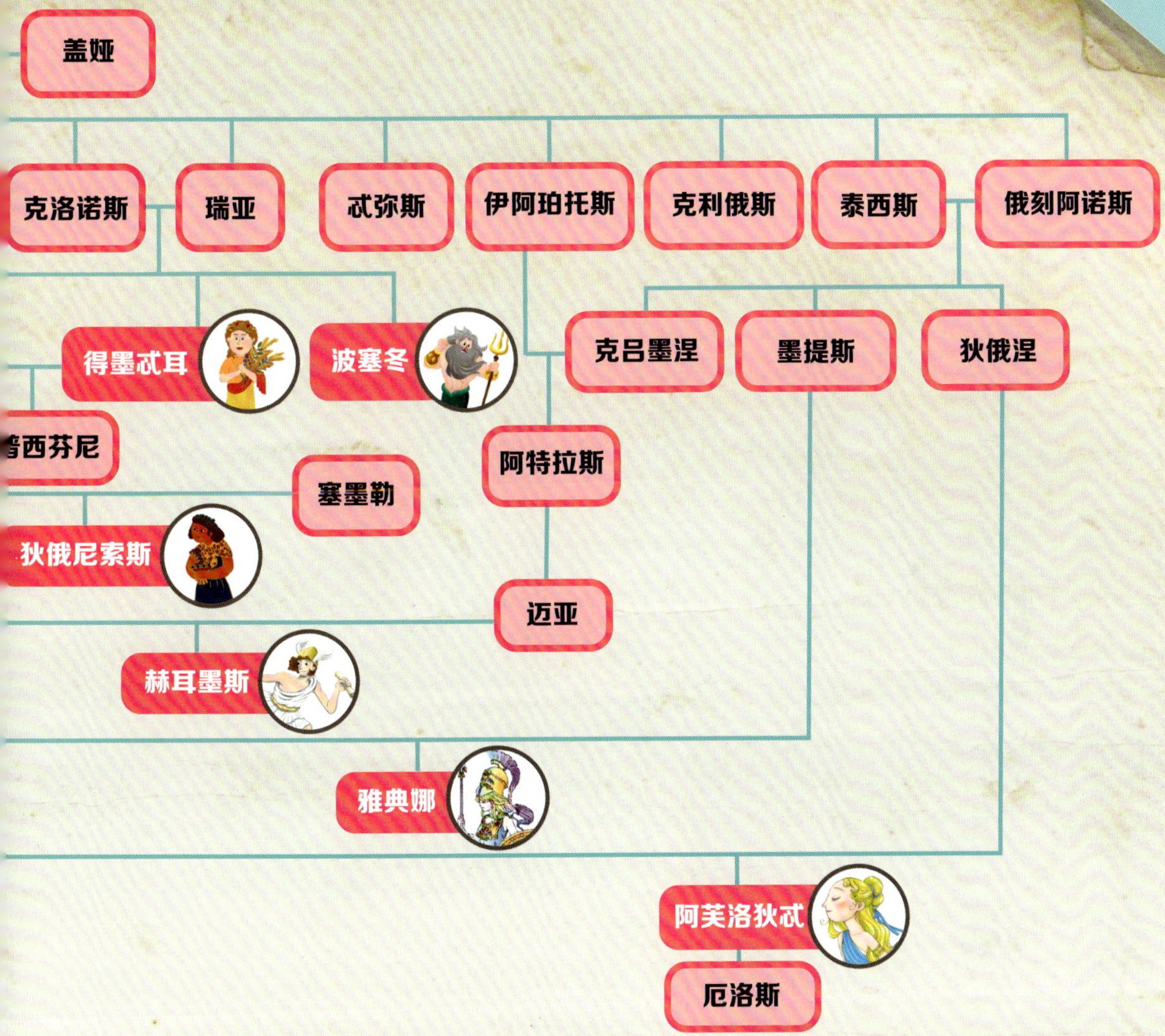

盖娅
克洛诺斯
瑞亚
忒弥斯
伊阿珀托斯
克利俄斯
泰西斯
俄刻阿诺斯
得墨忒耳
波塞冬
克吕墨涅
墨提斯
狄俄涅
西芬尼
阿特拉斯
塞墨勒
狄俄尼索斯
迈亚
赫耳墨斯
雅典娜
阿芙洛狄忒
厄洛斯

阿波罗
阿耳忒弥斯
阿芙洛狄忒
赫耳墨斯
赫菲斯托斯
狄俄尼索斯

神话知识拓展

阿耳忒弥斯：狩猎女神

阿耳忒弥斯是宙斯和勒托的女儿，是预言之神阿波罗的双胞胎姐姐。她是狩猎女神、纯洁女神和月亮女神。她一生保持童贞，是喜爱打猎的弓箭高手。

和鹿在一起的阿耳忒弥斯

劳伦斯·阿尔玛-塔德玛《希波吕托斯之死》，私人藏品

希波吕托斯死而复生

希波吕托斯在继母淮德拉的诬陷之下，被父亲诅咒，蒙冤而死。后来他被医神阿斯克勒庇俄斯救活。死而复生的希波吕托斯在阿耳忒弥斯的帮助下成了神。后来阿耳忒弥斯称他为“威耳比俄斯”，意为“复活的英雄”。

尼俄柏因亵渎阿耳忒弥斯的母亲勒托而受到惩罚

尼俄柏和忒拜国王安菲翁生了七个儿子和七个女儿。她因自己这十四个孩子感到非常自豪，嘲笑勒托只有阿波罗和阿耳忒弥斯一双子女。因此，阿波罗和阿耳忒弥斯分别用弓箭射死了尼俄柏的七个儿子和七个女儿。一下子失去儿女的尼俄柏不分昼夜哭个不停，最后变成了一块石头。

约翰·柯尼希《遭到杀害的尼俄柏的子女》，私人藏品

希腊军队主帅阿伽门农曾经射杀了阿耳忒弥斯的鹿

希腊军队主帅阿伽门农射杀了阿耳忒弥斯珍爱的鹿，愤怒的阿耳忒弥斯让海面风平浪静，使出征特洛伊的希腊军船无法起航。阿伽门农为了让阿耳忒弥斯息怒，将自己的女儿伊芙琴尼亚献给女神，船队才得以起航。

常识拓展

历史 阿耳忒弥斯神庙经历过三次修建

阿耳忒弥斯神庙位于小亚细亚以弗所（今土耳其塞尔柱村附近）。第一座神庙据说由亚马孙人建造，但是在洪水中被破坏了。第二座神庙于公元前 550 年开始建造，历时十年而成，但被大火焚毁。第三座神庙是从公元前 323 年开始修建，结果在哥特人的掠夺中被破坏，如今只剩下几根石柱和几个石块。阿耳忒弥斯神庙是古代世界七大奇迹之一。

保留至今日的阿耳忒弥斯神庙石柱

科学 阿耳忒弥斯所爱的俄里翁成了星座

俄里翁是一个英俊的巨人，阿耳忒弥斯因爱慕他而和他一起生活。这件事惹得阿波罗非常不高兴，他试图阻止阿耳忒弥斯，但是阿耳忒弥斯根本不听阿波罗的劝阻。有一天，俄里翁正游泳过海，只露了头部在水面上。阿波罗告诉阿耳忒弥斯大海上有一个黑点，怂恿阿耳忒弥斯用弓箭射一下看看。于是阿耳忒弥斯用弓箭射中了那个点，却没想到那个点就是俄里翁的头。

俄里翁就这样死了，阿耳忒弥斯非常痛苦，于是请求宙斯把俄里翁升为星座。这个星座就是猎户座。

猎户座

奥林匹斯十二主神

希腊神话有意思

预言之神阿波罗

[韩]小不点 编著 [韩]优熙 绘 张璟曦 译

中信出版集团 | 北京

图书在版编目（CIP）数据

预言之神阿波罗 /（韩）小不点编著；（韩）优熙绘；
张璟曦译 .-- 北京：中信出版社，2022.8
（希腊神话有意思 . 奥林匹斯十二主神）
ISBN 978-7-5217-4331-9

Ⅰ. ①预… Ⅱ. ①小… ②优… ③张… Ⅲ. ①儿童故事－图画故事－韩国－现代 Ⅳ. ① I312.685

中国版本图书馆 CIP 数据核字 (2022) 第 076311 号

预言之神阿波罗
（希腊神话有意思 · 奥林匹斯十二主神）

编 著 者：［韩］小不点
绘　　者：［韩］优熙
译　　者：张璟曦
出版发行：中信出版集团股份有限公司
（北京市朝阳区惠新东街甲4号富盛大厦2座　邮编　100029）
承 印 者：北京华联印刷有限公司

开　　本：889mm × 1194mm　1/24　　印　　张：18　　字　　数：504千字
版　　次：2022年8月第1版　　印　　次：2022年8月第1次印刷
京权图字：01－2022－1399　　书　　号：ISBN 978-7-5217-4331-9
定　　价：109.00元（全12册）

出　　品：中信儿童书店
图书策划：好奇岛
策划编辑：明立庆
责任编辑：曹威
营销编辑：张远 张琛
封面设计：谢佳静
内文排版：杨兴艳

主要登场人物

阿波罗

奥林匹斯十二主神之一，是预言、音乐、弓箭、医药之神。他擅长演奏里拉琴，还擅长使用弓箭。

宙斯

奥林匹斯十二主神之首，通常称他为“主神”或“神人之王”。他以雷电为武器，有雄鹰陪伴身旁。

马斯亚斯

属于半人半兽的萨蒂尔，他向阿波罗挑战演奏技巧，败阵后被阿波罗惩罚。

达芙妮

她是山林仙女，被中了厄洛斯爱情之箭的阿波罗追逐，在逃跑的过程中变成了一棵月桂树。

阿斯克勒庇俄斯

他是阿波罗的儿子，也是医神，具备使人起死回生的能力。

几个关键词读懂阿波罗

奥林匹斯十二主神之一，

他是预言之神。

家庭关系

父亲：宙斯

双胞胎姐姐：阿耳忒弥斯

子女：阿斯克勒庇俄斯、俄耳甫斯

象征

月桂树

里拉琴

弓箭

天鹅

海豚

神职

预言之神

音乐之神

弓箭之神

医药之神

罗马神话中对应的神祇

阿波罗

其他称呼

福玻斯（光明）

阿波罗是宙斯的儿子，
是狩猎女神阿耳忒弥斯
的双胞胎弟弟。

阿波罗出生没几天，就一下子长成了一个英俊的青年。

宙斯送给他金色冠冕、里拉琴和天鹅拉的神车，让他前往特尔斐。

预言之神阿波罗击退巨蟒的故事

阿波罗按照宙斯的指示去了特尔斐。

那里住着巨蟒皮同，

它曾经被派去迫害阿波罗的母亲，
阿波罗用箭射死了巨蟒，为母亲报了仇。

但是阿波罗心里并没有感到轻松，

因为皮同是大地女神盖娅的儿子。

他担心盖娅会因此而发怒，

就举行了典礼来慰藉皮同之死。

阿波罗占据了皮同的神示所，
将它改为“特尔斐神庙”。

当人们想预测未来或者需要做
重要决定的时候，
都会来到特尔斐神庙求问神意。

被称为“皮提亚”的女祭司会将阿波罗的神谕传达给他们。

音乐之神阿波罗惩罚马斯亚斯的故事

阿波罗演奏里拉琴的水平极高，

所有人都一致认为，阿波罗的琴声是世界上最美丽的声音。

但是萨蒂尔马斯亚斯竟然胆大包天地来挑战阿波罗。

马斯亚斯最擅长吹笛子。

只要马斯亚斯的笛声一响起，
森林里的动物和仙女都会沉醉其中。
“我的笛声才是世界上最美的声音呢。”
马斯亚斯扬扬自得地想。

马斯亚斯对阿波罗说道：

“伟大的阿波罗，让我们来比试一下，看看谁能用乐器演奏出更美妙的声音吧。”

阿波罗接受了他的挑战。

阿波罗弹起了里拉琴，
马斯亚斯吹起了笛子。
他们两个人的演奏都非常出色，
很难分出胜负。

阿波罗想出了一个妙计。

“马斯亚斯，咱们换个方式较量好不好？

你我都把乐器倒过来拿，然后看看谁演奏得好。”

马斯亚斯爽快地答应了。

然而，问题出现了！

里拉琴倒过来拿也是可以弹奏出声音的，

但是笛子倒过来吹根本发不出任何声音。

就这样，马斯亚斯在较量中失败了，阿波罗对他施以重罚。

弓箭之神阿波罗的凄美爱情故事

阿波罗擅长射箭，为此他感到非常自豪。

有一天，阿波罗看到小爱神厄洛斯拿着弓箭玩，取笑道：“哈哈！厄洛斯，你这小而无力的箭，能有什么用呢？”

厄洛斯听了这话，非常不服气，决定捉弄一下阿波罗。

于是，厄洛斯向阿波罗射出了能让人陷入爱情的箭，接着又把拒绝爱情的箭射向了山林仙女达芙妮。

被爱情之箭射中的阿波罗，一见到达芙妮就坠入了爱河。

但是，达芙妮由于被拒绝爱情之箭射中，

她看到阿波罗拔腿就跑。

阿波罗在后面穷追不舍，说道：

“达芙妮，请你接受我的爱！”

“父亲，请您助我一臂之力！”达芙妮向河神皮里奥斯祈祷。

河神听到了达芙妮的求救声，立刻将她变成了一棵月桂树。

阿波罗抱着月桂树，感到非常惋惜。

“哦，我亲爱的达芙妮！

你是属于我的树。

我会让你终年常绿，永不枯萎。”

从此，阿波罗把自己的金色冠冕换成了
用月桂树枝叶做成的桂冠。

他这么做是为了永远记住他深爱的达芙妮。

医药之神阿波罗成为人类奴隶的故事

阿波罗虽然能以疾病对人类施以惩罚，
但是只要向他祈祷，他就会使人们彻底痊愈。

阿波罗的这种能力，传给了他的儿子阿斯克勒庇俄斯。

后来，阿斯克勒庇俄斯被称为“医神”。

然而，阿波罗却因为这个儿子，被贬到凡间做了人类的奴隶。

阿斯克勒庇俄斯不仅能够
治愈生病的人，
甚至还能让死人复活。
冥王哈得斯去见了宙斯，说：
“宙斯啊，现在有了阿斯克勒庇俄斯，
就再也不会有人死掉了。
他这是在违背神定下的命运啊，
请您速速除掉他。”
宙斯认为哈得斯说的有道理，
于是他降下雷电把阿斯克勒庇俄斯劈死了。
阿波罗一气之下把为宙斯制造雷电的
独眼巨人三兄弟杀掉了。

“什么？阿波罗杀死了独眼巨人？”

宙斯非常生气，他惩罚阿波罗到凡间做人类的奴隶。

于是阿波罗成了阿德墨托斯国王的奴隶，他的任务是每天照看牛群。

这样过了一年，阿波罗才得到了宙斯的原谅，得以回到奥林匹斯。

之后，阿波罗作为医药之神继续治病救人。

众神谱系

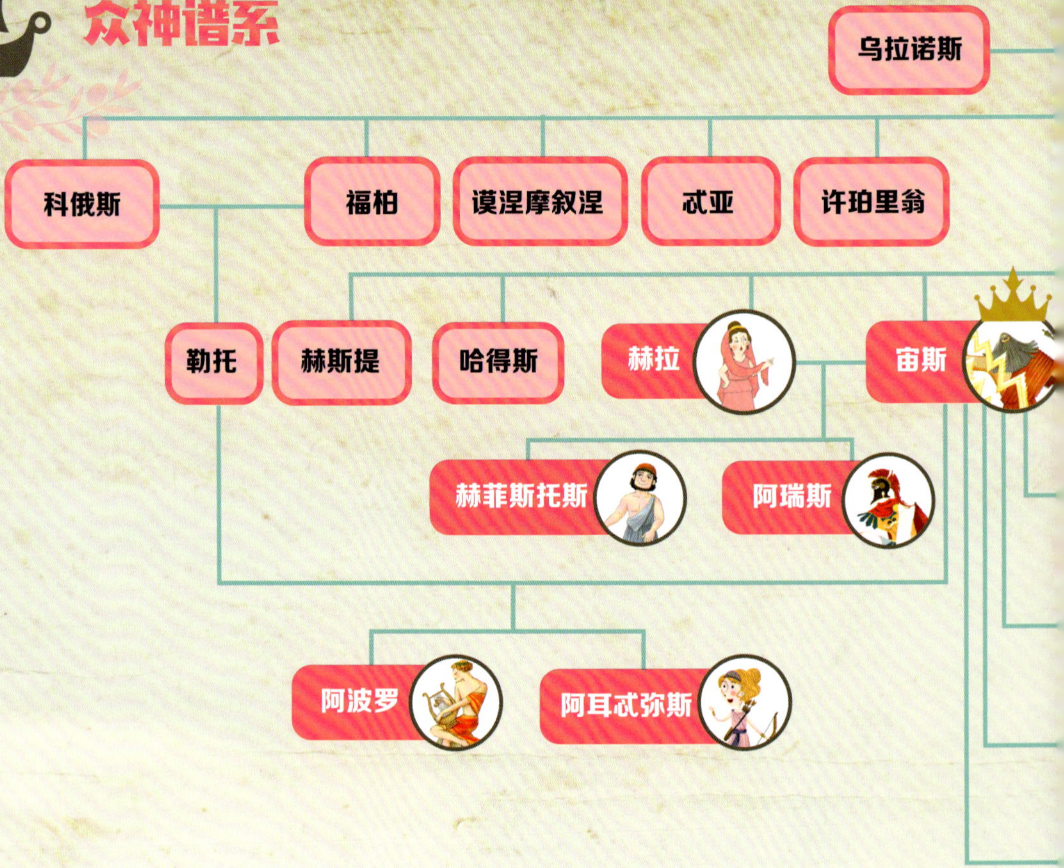

奥林匹斯十二主神

希腊神话中的其他人物

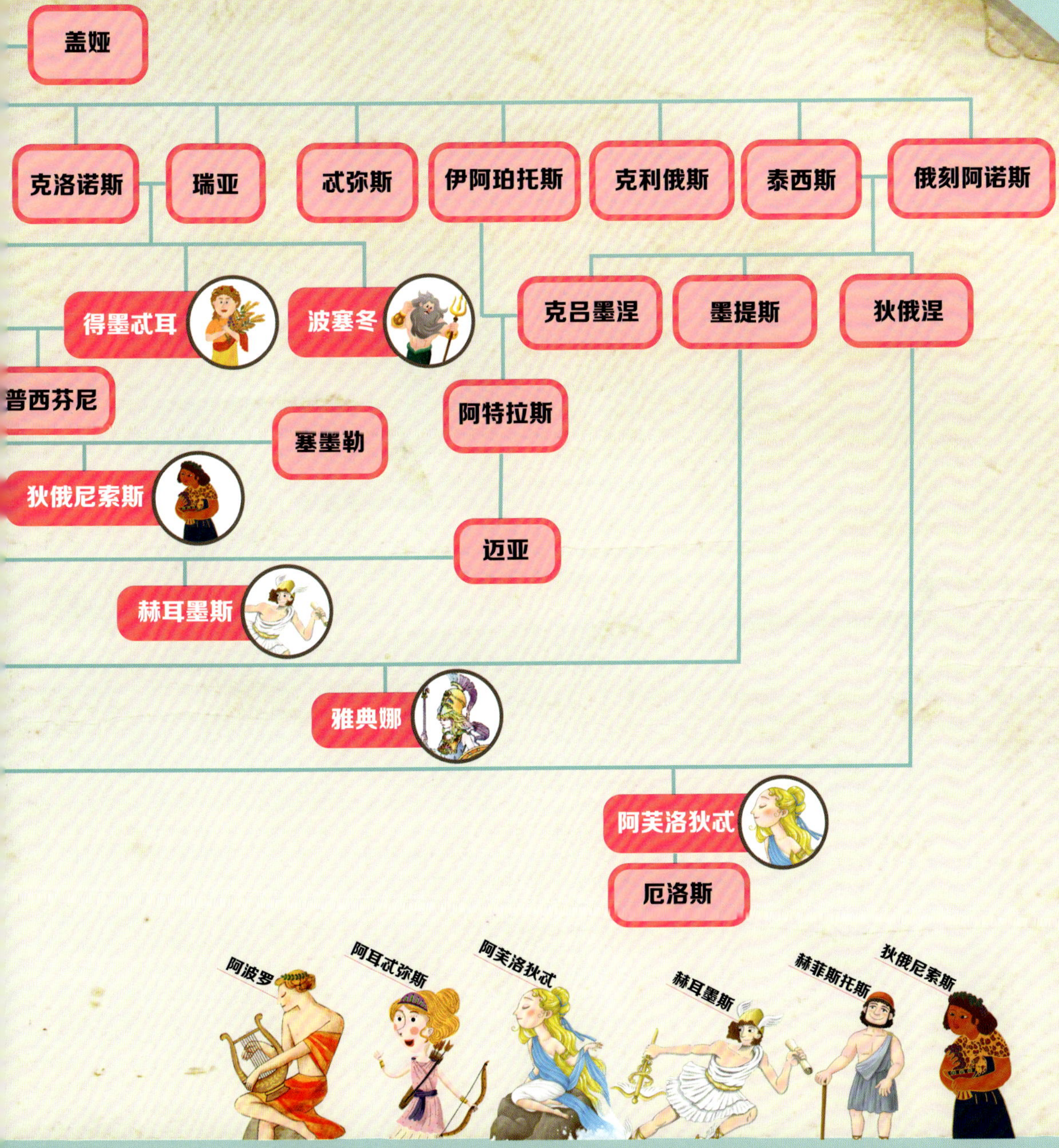
盖娅
克洛诺斯
瑞亚
忒弥斯
伊阿珀托斯
克利俄斯
泰西斯
俄刻阿诺斯
得墨忒耳
波塞冬
克吕墨涅
墨提斯
狄俄涅
普西芬尼
塞墨勒
阿特拉斯
狄俄尼索斯
迈亚
赫耳墨斯
雅典娜
阿芙洛狄忒
厄洛斯
阿波罗
阿耳忒弥斯
阿芙洛狄忒
赫耳墨斯
赫菲斯托斯
狄俄尼索斯

神话知识拓展

和里拉琴在一起的阿波罗，藏于土耳其伊斯坦布尔考古博物馆

阿波罗：预言之神

阿波罗是宙斯和勒托的儿子，是狩猎女神阿耳忒弥斯的双胞胎弟弟。他是预言、音乐、弓箭和医药之神。他擅长射箭和弹奏里拉琴。

特尔斐的阿波罗神庙是古希腊最著名的神示所

阿波罗神庙遗址

阿波罗杀死皮同之后，将皮同的神示所变成了自己的神庙，并取名为特尔斐。在这里转达神谕的女祭司被称为“皮提亚”。阿波罗的神谕由皮提亚传达给其他祭司，再由他们传达给来求问神意的人。当古希腊人需要做重要决定时，都会来阿波罗神庙进行参拜，从而获得神谕。

在特尔斐的阿波罗神庙入口处写着一句箴言：“认识你自己。”这句话在哲学家苏格拉底的诠释下变得家喻户晓。

皮提亚竞技会是为了纪念阿波罗战胜皮同

阿波罗战胜皮同之后，为了祭奠皮同，同时为了洗清自己的罪恶，他自我放逐了八年。另外，为了纪念阿波罗的胜利，特尔斐每四年举行一次庆典，这就是皮提亚竞技会。皮提亚竞技会是古希腊四大赛事（奥林匹亚竞技会、皮提亚竞技会、伊斯特米亚竞技会、尼米亚竞技会）之一，是仅次于奥林匹亚竞技会的重要活动。

医神阿斯克勒庇俄斯死后变成了星座

阿波罗的儿子阿斯克勒庇俄斯是医神，他在半人马喀戎的抚养下长大，学习了大量的医术知识。通过一次偶然的机会，他从一条毒蛇那里得知了一种可以包治百病的药草。另外，他还研制出了可以让人起死回生的药。

宙斯担心人类会因此而得到永生，于是用雷电劈死了阿斯克勒庇俄斯。后来在阿波罗的请求下，宙斯把阿斯克勒庇俄斯升上天空化为星座。这个星座就是蛇夫座。

医神阿斯克勒庇俄斯雕像

常识拓展

马斯亚斯吹奏的笛子叫作阿夫洛斯管

阿夫洛斯管是一种管乐器，在吹奏时同时让双管一起发出声音。传说，阿夫洛斯管由马斯亚斯自己制作并演奏。还有一种说法是雅典娜制作了这种笛子，她把笛子扔掉之后，马斯亚斯偶然捡到了它。

正在比试乐器演奏的阿波罗和马斯亚斯（1985年的希腊邮票）

里拉琴是古希腊的小型拨弦乐器

里拉琴和竖琴类似，它有一个U字形或V字形的共鸣箱，上面接有琴弦，演奏者用手指拨动琴弦弹奏。由于传说曾被阿波罗演奏过，所以里拉琴被视为神圣的乐器。

阿波罗曾经从赫耳墨斯那里得到过一个用龟甲制作而成的里拉琴。那时，阿波罗正在照看牛群。赫耳墨斯把阿波罗的牛偷走了，阿波罗非常生气，让他把牛还回来。于是赫耳墨斯用龟壳做了一个里拉琴送给阿波罗。阿波罗这才消气。

古希腊乐器里拉琴